顾　　问　金　波

出 版 人　董素山　刘旭东

策　　划　田浩军　王志刚　庞家兵　郝建东

主　　编　张冬青

编　　委　常　朔　张艳丽　高　倩　王天芳
　　　　　张彤心　纪青云　郝建国　武小森
　　　　　韩联社　孟醒石　闫荣霞　米丽宏
　　　　　董英明　谷　静　刘宇阳　王　哲

图书推广　夏盛磊

~思维与智慧丛书~

春风辗转

CHUN FENG ZHAN ZHUAN

顾问 金 波
主编 张冬青

河北出版传媒集团
河北教育出版社

图书在版编目（CIP）数据

春风辗转 / 张冬青主编. —— 石家庄 : 河北教育出版社, 2024.4
（思维与智慧丛书）
ISBN 978-7-5545-8246-6

Ⅰ.①春… Ⅱ.①张… Ⅲ.①故事－作品集－中国－当代 Ⅳ.①I247.81

中国国家版本馆CIP数据核字(2024)第026248号

书　名　春风辗转
　　　　　CHUNFENG ZHANZHUAN
主　编　张冬青

责任编辑　刘宇阳　王　哲
装帧设计　牛亚勋
插　　图　郭　娴
营销推广　符向阳　李　晨
出　　版　河北出版传媒集团
　　　　　河北教育出版社　http://www.hbep.com
　　　　　（石家庄市联盟路705号，050061）
印　　制　保定市正大印刷有限公司
开　　本　787毫米×1092毫米　1/32
印　　张　8.375
字　　数　131千字
版　　次　2024年4月第1版
印　　次　2024年4月第1次印刷
书　　号　ISBN 978-7-5545-8246-6
定　　价　35.00元

版权所有，侵权必究

阅读散文的趣味

金 波

——《思维与智慧丛书》序

我希望更多的人有阅读散文的趣味。

散文作为一种文学样式,在和其他文学样式的对比中,彰显着它鲜明的特点。特别是把散文和诗加以对比,散文的特点就更加突出了。例如,有这样一些比喻:

诗是跳舞,散文是走步;

诗是饮酒,散文是喝水;

诗是唱歌,散文是说话;

诗是独白,散文是交谈;

诗是窗子,散文是房门。

这些比喻，从对比中呈现着散文的特征。散文贴近现实生活，所表现的更为具体真实；散文关注的生活很广阔，但表现手法灵活多样；散文可以和各种文学样式相融合，但不会丢失它的本色，同时它又吸纳各种文学样式的特征，形成了散文从题材到技法的丰富性。

有人说，散文是一切文学样式的根。我赞成这一看法。因为你无论是写小说、写戏剧、写文艺批评，甚至写哲学、历史著作，都离不开散文。凡是从事写作的人，都得有写作散文的基本功。所以有人又说，写好散文，才能获得作家的"身份证"。

写散文是进入文学殿堂必经的门，读散文也是进入文学殿堂必经的门。读散文的趣味很重要。散文可以抒情，可以叙事，可以议论，可以写景，可以状物，各体兼备，风格多样。

我们提倡"自觉的阅读"，不妨从阅读散文开始。喜欢阅读散文的人，会静下心来，会养成慢阅读的好习惯。散文是可以品读的，因为散文最易于形成多样风格，让我们增添一些不同的品味和审美的趣味。

基于此，这套丛书对入选的散文进行了深入的梳理、开掘，以全新的视角，发掘出了独特的价值体系。遴选了四个具有温暖、善美、纯真、禅意特质的主题，用文字和图画来传递人性的真善美，倡导仁爱和谐，表达对生命的探索与诉求。这套"思维与智慧丛书"，共四册，包括《春风辗转》《半窗微雨》《厚藏时光》《烟火清欢》。

收入本丛书的，都是一些短小的散文，可归属于文学性较强、艺术风格较为鲜明的"美文"。有的朴素简明，有的干净利落，有的妙趣横生，有的深邃启思。我设想有很多的读者（他们可以是从九十九岁到九岁的老少读者）在一个安静的时刻阅读这一篇篇令人安静的散文，用真诚的心态阅读这一篇篇真诚的散文，用享受语言之美的感觉阅读这一篇篇纯美的散文。我们默默地读着，却能在灵府的深处，隐隐地听见语言的韵律，入耳入心，贮之胸臆，久久享用。

阅读散文的趣味一定是隽永的。

二〇二四年新春，于北京

目　录

爱是家的别称

003　寻找"红衣姐" \李春雷
011　爱是家的别称 \马亚伟
015　母亲的道理 \胡美云
018　春风辗转 \王继颖
022　我是你的"痒" \孙道荣
025　姥姥在阳光下 \王奕君
029　一个人的丰收 \胡英军
033　平行 \姚文冬
038　都让鸟叼去了 \时双庆

041　母亲的时间之书 \耿艳菊

044　爱的跟随 \慕然

048　远方,母亲不曾去过 \李晓

052　母老成仆 \陈志发

056　你在,爸妈不老 \陈柏清

060　鹅毛压得父亲喘 \夏生荷

那个等你一起吃饭的人

067　找个理由去原谅 \管洪芬

070　时光的收藏者 \刘希

073　那个等你一起吃饭的人 \刘世河

077　在那片蔚蓝的天空下 \邹世昌

081　假日里的厨房 \鲍海英

085　爱到深处是妥协 \杨志艳

089　陪你走过伤痕 \安宁

094　担待　\崔鹤同

098　你是否欠父母一张电影票　\陌陌

101　家里饭　\张金刚

105　母亲的梦　\孟祥菊

109　外公的花"语"　\马海霞

113　欠姥爷一碗牛肉拉面　\李柏林

119　我的童年，你的手心　\包利民

123　胃会比心更先想家　\何夕

时光易老，深情不负

129　奶奶的偏心事　\钱永广

133　我认识您吗　\张亚凌

137　只有背影的人　\曹春雷

140　父亲改名　\王国梁

144　满载夕阳的单车 \盛家飞

149　爱的借力 \朱宜尧

153　父亲没有千里眼 \徐徐

158　母爱地图 \张海伦

162　时光易老，深情不负 \张军霞

166　青春里的逃亡 \彭晃

171　孩子的爱纯澈而芬芳 \顾晓蕊

176　母亲弯腰 \朱成玉

180　爱情"微动作" \罗倩仪

井拔凉里的美好时光

187　葱笛儿声声振林樾 \郑宪宏

191　怀旧的盖帘儿 \崔立新

195　冰凉的石臼 \路来森

200　永远的青纱帐 \范会新

204 文具情结 \米丽宏

208 井拔凉里的美好时光 \王军

212 石磨：乡愁的老唱片 \常书侦

216 收藏糖纸的日子 \寇俊杰

219 弹珠里的童年 \邱俊霖

223 一墙疏影轻慢移 \谢光明

227 儿时故乡的草垛 \李阳海

231 春光里的小欢喜 \邓荣河

235 乡村物语——缸 \李季

238 童年记忆 \王丕立

241 打冰凌 \邱立新

爱是家的别称

寻找"红衣姐"

李春雷

吃完早饭,她去缴纳社保金。出门时,特意穿上了那件崭新的红上衣。

镇上的社保所,就在她居住的小巷口。小巷里挤满了一棵棵粗大的杧果树,蓊蓊郁郁的。

小榄,是广东省中山市的一个镇,以盛产菊花闻名,是珠三角的工商重镇,这里是一个财富的世界。

但是她啊,却是一个经历坎坷的女人,她生于一个偏远农村。后来,经人介绍,她嫁到了小榄镇上。

缴纳社保金的人太多了,队伍排得长长的。她叹一口气,先回去吧,反正还有时间。

婚后,她和丈夫挤在一间逼仄的小屋内,几年后,两个儿子相继出生,丈夫也下岗了。生活,变得愈发窘困起来。

那些年的苦日子,真是羞于言说啊。

后来,她和丈夫临街开起一个小吃店,经营最简单的饭菜。还买来一台电磨,加工大米,做米浆、米粉,或酿酒。

五年前,因为旧城改造,小吃店关闭了。似乎是转眼间,两个儿子长大了,先后考上大学。每年的费用,要两万元。而家里的外债,还没有结清呢。每当孩子升学,那些日子都是她最尴尬的时光。丈夫老实、木讷,没有技术,只得去干点零活儿。而她呢,不得不去捡废品。

她继续往回走着,拐进了小巷里。

她常常在这儿拾废品。刚开始不好意思,慢慢地也就无所谓了,她也感谢这个小巷呢,这是她的领地啊,在这里,她每天能够捡到那么多的废品。

夏天太热了,汗流不止。可她,从未买过一瓶矿泉水。有

时候，看看街边商铺里芳香四溢的小镇名吃——菊花肉，她也从不舍得掏钱买一盒。

社区干部调查走访后，为她一家办理了"低保"，还为她安排了工作，在一家商场当清洁工，每月1400元。自己的工资，正好是大儿子的学费和生活费。而丈夫的辛苦钱，又可以供养小儿子。

她已经好多年没有如此开心了。

现在是早晨9点30分，小巷里空空荡荡的。

突然，一个黄衣男子驾驶摩托车飞驰而来，急火火的，似有天大的事情发生。果然，"啪"的一声，男子口袋里掉下一沓钱。红花花的，散落在地上……

看着地上的钞票，她惊呆了。这些钱足足有上万元。

"老板，老板，丢钱了，丢钱了！"她大声喊道。

可是，"黄衣男"戴着头盔，根本听不见，风一样，跑远了。

她的双脚，紧紧地踩住钞票，唯恐被风吹去。

她瞪大眼，呆呆地站着，不敢弯腰，双手死死地按住身上装有自己社保金的口袋。她害怕混淆，说不清楚。唉，这个善良的女人啊！

足足过了5分钟，"黄衣男"终于急火火地跑回来了。

她还在那里站着，直挺挺的。

她吼道："你带这么多钱，为什么不小心？喊得我喉咙疼。"

二十多年来，在人前，她总是自卑，畏畏缩缩的。而现在，那么理直气壮、堂堂正正。这在她的人生中，绝对是第一次。

"黄衣男"涨红了脸，蹲下去，低着头，匆匆忙忙地捡钱。

"你的钱一张也没有丢！你慢慢捡吧。"她再次大声说，那么笃定。

说完，她就转过身去走了，走进了小巷深处。

这件事，就这样过去了。压根儿，也算不上什么新闻。

只是，事件现场的远处，正好有一个看风景的人，他感觉好奇，便掏出手机，顺手定格了这一瞬间。这一举手之拍，打破了小镇的平静。

这位不知名的旁观者，虽是有心人，却不够专业。他只是

爱是家的别称

拍了两个背影：一个穿红上衣的女人，双脚踩住钞票，等待失主到来的背影；还有一个她悄然走开的背影。

微博发表之后，开始，只有几个人，最多几十个人关注。谁也没有想到，很快，就产生了蝴蝶效应。于是，小镇上的数十万根手指，不约而同地按动着同一个程序……

在这样一个快速创造财富的南方小镇上，发生了这样一件温馨小事，真情！暖人！

一颗心，感染另一颗心；一群人，感染另一群人。这股热流，一夜之间，蔓延了小镇。成为人们当天晚餐热议的话题。

第二天早晨，这则消息，赫然登上了本地报纸。

于是，小镇上的二十多万人振奋不已，纷纷感叹，想要把这个"红衣姐"找出来。

然而，我们的主人公，根本无意识。

她只收旧报纸，不看新报纸，更不关注新闻。

当天下午，当地多家媒体和镇政府一起组织数十个人，开始在监控显示"红衣姐"消失的地带进行地毯式搜寻。他们把所有晒红色衣服的家庭都问遍了，把所有的门板都敲响了……

傍晚时分，仍然没有踪迹。

太阳消失到地平线以下去了。

大家有些失望了。

她家的小楼临近河边,屋门紧闭着。

一位阿婆前来磨粉,敲门,无声,便大喊:"阿娣,阿娣,磨粉呢。"

"好呢。"门开了。她,探出头来。

这时,在河边一筹莫展的记者发现了她,急忙跑上前:"阿姐,你认识这个人吗?"说着,打开报纸。

她一看,惊呆:"你找她干吗?"

记者敏锐地捕捉到她脸上的细微变化:"阿姐,这是你吗?我们是记者。"

她吓得脸色煞白,"出了什么事?"

记者已经认出她,上前一把抓住,唯恐她跑掉似的,"终于找到你了!"

她更害怕了,浑身颤抖,惊骇万分:"是不是钱少了?我没有拿,连腰也没有弯一下!""阿姐,不是的,不是的,你误会了!"

……

一会儿后,她开心地笑了,笑成了一朵花——菊花。

那,是小镇的图腾!

当晚,大儿子打来电话:"红衣姐,你真棒!"

而小儿子,则戏谑地与她谈判:"以后称呼要变一变,不叫妈,改称'红衣姐',哈哈。"

半夜时分,丈夫也回来了。他把买来的一盒菊花肉,双手捧给"红衣姐"。她一时无语,脸色羞红。

自己的丈夫啊,还是那个憨人,但是蛮可爱的,那是她的最爱。

这是她喜欢的生活——踏踏实实的生活!

是啊,生活正在变得好起来。自己的工资已经涨到了2000元;儿子的对象也确定了,这件红上衣,正是女孩儿前几天主动送她的。

小巷里的杧果树,在悄悄结籽儿。小小的青胎,像一个个感叹号,像一枚枚宝葫芦,更像一颗颗普普通通却又朴朴实实的心……

是的,不能成为一棵大树,做一株小草也好啊,只要心是绿的。

只要拥有一颗爱心，自己，就是富有的！

……

我们的主人公，名叫冯欢娣。

这个故事，发生在 2014 年 6 月 17 日。

（该文被选作2022年中考语文河北卷阅读题材料）

爱是家的别称

马亚伟

三十多年前,父亲在离家三四十里的一处建筑工地上班,母亲负责在家种田。那年中秋节,建筑工地虽然放假了,但父亲因为要看守工地留在那里。一家人不能团团圆圆过节了,母亲为此没少抱怨。

中秋节的上午,我和妹妹跟母亲下地干活儿。下午没事了,母亲怅怅地说:"你爸也回不了家!"忽然,她双手一拍,兴奋地说:"咱去工地找他!"母亲大概是为她灵机一动想出的妙计得意,眼睛里亮亮的。

我们带上月饼和煮花生等美食，就去找父亲了。母亲骑一辆"二八"大自行车，妹妹坐在横梁上，我坐在车的后座上。母亲身材比较瘦小，驾驭大大的自行车有些力不从心，她平时很少骑。那天还要带着我和妹妹，如此"高难度"技艺，对母亲来说是不小的挑战。不过那天她骑自行车非常平稳，绝对是"超常发挥"。我和妹妹坐在母亲的自行车上看风景，母亲目不斜视地盯着前方的路说："咱不着急，骑慢点，天黑前到就行！"她的语气颇有几分兴奋，仿佛要带着我们奔向幸福驿站，我都能听出她的欣喜和憧憬。

母亲骑了一段路，有些体力不支。她招呼我们下车，休息片刻，再出发。就这样，我们三个人走走停停，三四十里的路，我们走了小半天。母亲累得额头上直冒汗，再加上激动和紧张，她的脸红红的。妹妹还小，她倒是很享受这样新鲜的旅途，一路上叽叽喳喳说个不停。我心里只盼着快点到，坐在后座上纹丝不动，生怕一动影响母亲的车技。

天擦黑的时候，我们终于赶到了工地上。父亲见到我们，眼睛里闪着惊喜的光，张大嘴巴却说不出话来。他的神情特别有意思，招呼也不跟我们打，反而四下望了望，大概是觉得自

爱是家的别称

己在做梦,四下望望确认是真的,他才眉开眼笑起来。"好家伙,你妈真厉害,这么远的路带你们两个来!"父亲的笑里有掩饰不住的幸福。

偌大的工地上,只有父亲一个人在看守。那年的中秋夜,我们一家人就在工地简易的工棚里过起了节。父亲张罗了点儿吃的,母亲把带来的花生、月饼之类的拿出来。母亲照例拿出一块月饼,小心地分成四份,然后分给我们一人一份,说:"一家人团团圆圆,才算是过节呢!"我们围坐在一起,边吃边聊。虽然没有像样的中秋宴,但我们吃得无比香甜。那是我第一次在外面过中秋节,还觉得颇有几分新奇呢。

一会儿工夫,月亮爬了上来。妹妹在门口喊起来:"快来看呀,中秋节的月亮又圆又大,真好看!"我们都出了门,一起坐在月光下。月光下,父亲和母亲的笑容更加温柔。我们聊聊家常,谈谈收成,讲讲未来,有时轻声低语,有时开怀大笑。一家人的欢声笑语荡漾在夜风中,空荡的工地多了几分温情。妹妹开心地说:"今年的中秋节跟在家里过一样,这里就像是咱们的家。"我们都被妹妹逗笑了。

月光皎洁,夜风摇曳,秋虫呢喃,月饼香甜,中秋节依旧是往年的样子，我们心中的温情不仅没有减少，反而加倍了。简陋的工地，简单的饭食，却带给我们一份浓浓的幸福。因为心中有爱，哪里都是家。爱就是家，家就是爱，爱是家的别称。

母亲的道理

胡美云

居家隔离的日子里,大家很快就安然接受了那份忽然而至的清闲,并各自投入自己的喜好中,安心居家起来。唯有年龄最大的母亲闲不下来,休息的几天里,从床底清扫到抹擦窗台墙壁,从床单枕套洗到窗帘,洗到无物可洗了就开始找些旧衣旧衫拼接缝补,忙到手脚没有停歇过。

中秋已过,江南的早晚开始寒凉,在外上学的女儿已经穿上长衣长裤,视频里一脸敬佩与崇拜地说着:"外婆真是厉害啊,这么冷了,她怎么还穿着短袖短裤呢?"女儿的话语如此熟悉，瞬间打开了我记忆的闸门。我笑着回了她："那是因为外婆没闲着啊。"

想起儿时的冬天，天寒地冻的，我们穿着厚厚的棉衣棉裤棉鞋，依然搓着手跺着脚哈着白茫茫的雾气，喊着："好冷啊，妈妈，你怎么不冷呢？"

那时候的母亲是年轻的，手脚利索，围着灶台手不停脚不歇地忙着。听着我们的话忙得只笑不应，一手掀起柴火灶上的大锅盖，一阵腾腾的热气，母亲的样子便藏匿了起来。我们开始往灶口的方向跑，亮堂堂的灶口是冬天最受我们喜爱的地方，火钳温热的把手都是可爱的。

母亲忙完灶上的事，开始忙着喂牲口，然后扫地，扫完房间扫客厅，再扫门前的院子，院子前的小路都要扫一扫。等扫回到灶口，看到暖了手脸却依然跺着脚喊冷的我们时，额上已经有些微汗的她开始朝着我们叫："来，扫把拿去吧，做做事就不冷了，这冬天啊，只会冻死懒人。"

我看着母亲，一脸的不信，但还是最先起身拿起了她手上的扫把——扫把的手柄被母亲握得真暖和，像个取暖器。我拿着母亲给的"取暖器"，开始挥动着它扫起来，一下一下，果

真像母亲说的一样，暖和了起来，连脚也暖和了起来。

洗洗扫扫煮饭吃饭，忙碌的上午过去了。午后的母亲闲了，开始坐在火桶边缝补或者纳鞋底。我们坐在她身边，玩着玩着就闹了起来，闹到母亲没办法清静做事时，她便开始一边做事一边给我们讲故事。偶尔讲些神怪传说，但讲得最多的却是一些劝人勤勉善良的故事，故事的最后，善良勤劳的人会过上幸福的生活，懒惰坏心眼的人一定会自食其果。有些戏文故事，她一边讲一边唱的，偶尔看到我们一脸茫然时，也会停下来按自己理解的讲给我们听。

听着故事的我们一定很认真，因为，讲故事的母亲是那么的满足与幸福：平时就和你们说过吧，春种秋收时一定不能偷懒啊，不然这寒冬腊月的要怎么过哦，冬天会冻死懒人的。

冬天冻死懒人，多么清浅的话语，多么平实粗糙的道理啊！但是，在那些艰难而贫困的日子里，它见证过母亲披星戴月的忙碌，见证过我们在她的努力下衣食无忧地成长——直到和她一样，让勤劳成为一种信念，成为一种习惯，成就今天幸福的生活。

春风辗转

王继颖

扫码听读

　　春风像曲曲折折又线条流畅的柏油公路，蜿蜒行进在群山间。我和爱人驾车入山，被春风引至一个山坳里的村子。依山而建的房屋在公路一侧，公路另一侧是一片田园。我们把车停在公路边，沿小路走进田园。春风裹挟着泥土和粪肥的气息自由弥散。正是午后，村民大概多在家中小憩，时空静谧，视野里，几只喜鹊上下翩翩飞舞。

　　这片山间田园，地势高低起伏。走上一个高坡，看见一小块矮灌木枝圈起的长方形园子。一对老夫妻，在园子一角忙

碌。一堆湿润的泥土旁，躺着几十棵白菜。白菜刚从挖开的坑里取出来，老两口弯腰低头，慢慢剥着压伤的白菜叶子。园子中间，鼓着一小堆儿新鲜的粪肥。

"你们从哪儿来，到谁家的呀？"老妇人看到我们，停下手里的活儿，直起腰身，像迎接远客般热情招呼。

"我们离这不远，不去谁家，随便转转。"我嘴上回答着，紧挨园子停下脚步。

老妇人走到园子边，隔着灌木枝和我聊起来。她身材微胖，蓝底红花的旧棉袄沾着泥土，黑里透红的脸挂着饱满的笑容。清瘦结实的老汉也放下手里的白菜，直起腰身听我们闲话。他微笑的脸上波纹起伏，颜色也是黑里透红。

一番闲话得知，老夫妻都已七十五六岁，三儿六孙，分出去三个小家。老两口单独过日子，坚持种庄稼地和打理菜园子，衣食不愁，身体还凑合，只是老妇人血压高，腰疼腿疼，吃药不少花钱。两位老人觉少，吃过午饭，在家躺不住，就出来忙。白菜运回家，把坑填好，园子里施上肥，就要种春菜了。

"阿姨，您和大叔接着忙，我们再走走。"我们继续移步前行,老两口挥手目送。

我们返回时,老夫妻还在忙碌,剥好的白菜整齐地码在一起。

"你们等会儿,带两棵白菜回去!"老妇人一边招呼,挑出两棵白菜抱在怀里。

"阿姨,我兜里没带钱。您手机有微信吗?我转账给您。"

"白菜是送你们的,不要钱。这么多白菜,我们吃不完。再说,我们不会用手机。"阿姨和我说着话,走到园子边。

择得干干净净的白菜递出来,我一手接住一棵,沉甸甸的白菜冰凉冰凉的。微寒的春风轻拂,把一股暖意送进我心里。

此时,大叔也走到园子边,一手一棵干净的白菜,执意递到我爱人手里。

四棵白菜放进后备厢,我翻遍车里的储物箱和手提包儿,才翻出三张纸币,一张五十的,一张十块的,一张一块的。我再次返回园子边。三张纸币,阿姨和大叔再三推辞,我执意把钱放到灌木枝里面,又快步走向公路边。

返程时,后备厢的白菜气息,带着山野春风的料峭和温煦，萦绕在汽车内室里。我想到自己的父母，他们也都七十多岁，血压高，吃药不少花钱。这样的午后，他们或许在午休，或许也睡不着，一个在电脑上下棋，一个对着手机玩成语游戏。孝顺的儿女孙辈成群，常见的老年病，不影响他们安享幸福晚年。园子里的两位老人，儿孙们也该是孝顺的吧！

一路辗转，黄昏返回平原的城里。街边一位清洁工大爷，仍在坚守岗位。我们靠路边停车，从后备厢取出四棵白菜，把山野老人的善意，送给小城的老人。

夜坐书房，我默念"辗转"一词。除了解释为"翻来覆去"，"辗转"还有一个意思：经过许多人的手或许多地方。这个意思，让我心生春风般柔软的亲切感。只要善意长住心田，就有春风辗转人间，经由你的手，拂过我的心，再伴随他的微笑，吹过谁的暖语，由城市到乡村，由山川到平原……

（该文被选作2022年中考语文山东威海卷阅读题材料）

我是你的"痒"

孙道荣

语文老师让孩子们造句，我是妈妈的什么？

有孩子说我是妈妈的小棉袄，有孩子说我是妈妈的宝贝，有孩子说我是妈妈的骄傲……有个女孩站起来，嚅嚅地说："我是妈妈的痒。"

老师没听清，以为孩子发音不准，问了声："你是说，你是妈妈的小绵羊吗？"

孩子摇摇头，再次说："我是妈妈的痒。"还用手示范性地在身上挠了挠。

老师扑哧一声乐了,全班的同学也跟着哄堂大笑。

但我觉得,这孩子说得真好,真贴切,真独特。

细想一想,孩子与父母的关系,可不就像"痒"一样?

孩子调皮捣蛋,屡教不改,让你抓瞎,着狂,恨得你牙痒痒。这痒,是爱恨交加的痒。

出差在外,一日不见孩子,心里便痒痒。这痒,是思念之痒。

孩子不听话,大人吓唬他是骨头痒了。

孩子犯错了,父母两人一个骂几句,一个旁边护一护,犹如隔靴搔痒。

父母与孩子生了间隙,闹了矛盾,伤了感情,就像一个刀口,一处伤疤,其和解、消弭的症状就是"痒",只是这个痒不宜挠,不能抓,不要图一时之快,以免再次发炎,生出新的事端来。父母与孩子的关系,不可能总是风和日丽,做父母的,就是要痛能忍,恨能忍,痒也能忍,爱也能忍。

孩子小时候,是手痒,摸摸他的头,拍拍他的肩,捏捏他的脸,这痒就解了,没了;及至孩子长大了,离开身边了,就变成了心头的痒,够不着,也挠不着,就那么痒着,担心着,思念着，牵挂着。

对孩子的爱与不舍，就像痒一样，往往越挠越痒。本来只是一点点痒，一点点想念，挠着挠着，想着想着，就浑身都痒了，里外都痒了。而且，就像痒一样，越到夜深人静时，越是孤单寂寞时，痒越甚，对孩子的思念也越浓越重。

痒这个东西，会跟随我们一生，你不知道，什么时候哪里就痒了。孩子也是我们一生的"痒"，永远挠不够，永远无解药，也永远放不下。

其实，不独孩子，很多时候，人与人之间的关系，也像"痒"一样。这个世界，有人是你一辈子的依靠，也有人是你一辈子的痛，还有人是你一辈子的痒。这个"痒"，大多是轻微的痒，挠一挠，就淡了，没了；也有的是钻心的痒，比痛更甚，比病更重，让你记住一辈子。

姥姥在阳光下

王奕君

扫码听读

时隔多年,我还能清晰记起那个小院。眼前晃动着姥姥的身影,阳光洒在她身上,还拖出一条影子,一会儿缩短,一会儿拉长,围着她转。

姥姥的周身都透着慈爱。她一看见我进院,就放下手里的菜啊盆啊,笑着招呼:"君来啦。"她的笑,从深深的皱纹里绽开来。那慈爱,如同一根透明的丝线,每到寒假和暑假,都把我牵引到她的身边。

那个小小院子,是姥姥一辈子的舞台。早上,全家人吃过姥姥做的早饭后，上班的上班，上学的上学。姥姥把最后一摞碗收进橱柜，擦擦手，走出屋子。阳光迎着她的脸，知道这时候的姥姥要唱独角戏了，就用影子陪伴她。有我在，姥姥就多了个影子。我总是寸步不离，我的影子一会儿爬上她的后背，一会儿扑向她的头顶。姥姥笑嘻嘻的，好像很乐意有这么一个纠缠。

　　姥姥坐在阴凉地儿，像变戏法儿似的，从笸箩里一样样儿拿出衣服、布头，一边让我帮她穿针，一边夸我眼神好。然后说："我是老了，干啥也不行了。"姥姥说话慢条斯理，好像一辈子都没着过急似的。我说："您不老，昨儿您还说能上树摘枣呢！"姥姥笑出了眼泪。

　　简短的对话之后，就没什么话了。我发现，我来姥姥家，原本也不是为了说话，我只是想看看她，陪陪她，或者说，是想让她用周身的慈爱，暖暖我的心。从小，父亲就对我特别严厉，他的目光总是冷的。他看我一眼，我心里就怕怕的，我总想逃，逃到那个有阳光的小院去，扑到姥姥温暖的怀抱里去……

　　午后，姥姥盘腿儿坐在炕沿上，这是她忙里偷闲时的习惯

爱是家的别称

坐姿。她看我抱着一盆煮鸡蛋,一个一个剥着吃,脸上又绽开了一如既往的慈祥。

阳光斜斜地射进来,将姥姥的面庞映照得明亮而红润,像打了一层浅浅的光粉。姥姥一辈子都没化过妆,没穿过漂亮衣服,也从没出过远门。姥姥就像一棵树,风无意中把她吹进了这个院子,她就在这儿踏踏实实地扎根、生长,好多年过去,她都不会挪动地方,从枝繁叶茂,到枝枯叶落,一直平静、坦然。

我长大了,慢慢淡出了姥姥的视线,有时想念一下她老人家,却不常去看她。

多年后的一天,我正抱着三个月的女儿,沉浸于飘着奶香味的温馨快乐中,突然听到姥姥病重的消息,我放下一切,就往医院赶。

姥姥盖在雪白的被单下面,像一张薄薄的纸片。阳光照进来,很亮,又很轻。姥姥周身都不再有那种可供依赖的温暖踏实,也没有了影子,只有胳膊上的管子,各种的仪器。那一片明晃晃的白,刺着我的眼睛,也刺着我的心。姥姥用目光追随着我,从门口,到床前。她伸出手,抖抖的,没有力气。她说:"别想姥姥啊。"那是她留给我的最后一句话。

那个小院,依然有阳光,却没有了姥姥的影子。我想,她是融进了另一片阳光里,一片属于她自己的阳光。希望那个世界温暖安逸,有她离不开的灶台,和那只盛满针线的小笸箩。

(该文被选作2023年中考语文黑龙江牡丹江卷阅读题材料)

一个人的丰收

胡英军

午休时，我习惯性地刷起了朋友圈。我看到小叔刚发了一条小视频，点开，十几个人在我家院子里脱粒，忙得不亦乐乎。哦，是在帮父亲脱粒。

我之所以如此肯定，是因为现在村里只有父亲一个人种田。父亲竟然能一口气找来十几个人帮忙，令我非常意外。

四年前，我们在县城买了房子。三年前，孩子顺利进入县城最好的幼儿园。我妈和媳妇长住县城照顾孩子，我在北京上班，唯有父亲一个人住在山顶上的小山村里。从此，生活变得更有规律：父亲每周五从村里到县城，带来大米、蔬菜、瓜果、鸡蛋、菜油，有时还会有猪肉和鸡肉。用他的话说，县城市场上买的东西不仅贵，而且难吃，没有营养，自己养的和种的安全。

当这种生活规律形成后，我和媳妇之前算计的生活开销，压缩了很多。除了孩子的开支，在生活方面基本上不需要花钱。而母亲似乎也养成了习惯，有时还没到周五，她也会给父亲打电话："家里没米了，你送一点来吧！"每每此时，媳妇都会说，我妈想我爸了。

时间久了，让父亲送粮食下来，就成了必备程序。至于父亲是如何挣到这些的，我们并不清楚。我们只知道，父亲在山上养了牛、羊、猪、鸡，种了各种蔬菜，夏天种稻谷，冬天种小麦。为了满足孩子的需求，他还会种一些西红柿和草莓。相对于蔬菜和稻谷，家畜家禽就麻烦多了，每顿都要喂养。所以，每次父亲到县城来，都是将它们喂养好了，收进圈子里，再出发。每次他进家门时，都是晚上九点多。第二天，大家还在睡梦中，他就早早起床离开了。他的晚餐和早餐都是将就着解决，只是为了让家里的其他人每顿都吃得更好。

爱是家的别称

我一直都知道父亲很忙,但也误以为他能忙得过来。就连收稻谷,我也以为,只要天气好,家里的工具齐全,就没问题。然而,我错了。

父亲是一个不愿意轻易麻烦他人的人。我们平时让他喊一些人帮忙,我们付钱,他都拒绝了。可是,这一次,他一口气喊了十几个人。显然,他是真的忙不过来了。收稻谷,并不是一件简单的事儿。我们村在高山上,不便于用机械,一切都得靠人工。割稻谷、收稻谷、捆稻谷、挑稻谷、脱粒、晾晒,每一个流程都足以令人累倒。

这些年,随着城市的发展,村里的人大多放弃了种田,外出打工,或者去县城、镇上做生意。留在村里的人很少。所以,不可能再出现十几年前大家互相帮忙收割的情况。然而,父亲却将他们全聚拢来给自己帮忙,就连在镇上做生意忙得不可开交的小叔也会去帮忙。我不知道父亲用了什么方法。

看完视频后,我给父亲打电话,他显得挺得意:"今年一不小心种多了,大丰收,一个人实在忙不过来。"我忍不住批评他:"现在城里的生活都稳定了,平时买点粮食,买点菜,又要不了多少钱。费这个劲干吗?早就跟你说过,要少种一点。怎么总说服不了你呢？"

父亲仍沉浸在丰收的喜悦里，他根本不接我的话，而是抢白道："一家人吃，怎样才能够吃呢？再说，我再过几年就老了，动不了了，不趁现在多给你们种点粮食，将来你们可能永远都吃不到我种的粮食了。"

这就是我的父亲，他不怕苦，不怕累，常年穿我的旧衣服、旧鞋子。然而，他却用尽全力，让一家人吃得更好。他最怕的，就是歉收。今年粮食丰收，我能想到，父亲的脸上一定洋溢着得意的笑容。

平行

姚文冬

那年八月,我放弃了镇上的安逸工作,去县城做临时工,因为心理上的落差,一度打过退堂鼓,过了一阵子也就习惯了,想着要好好干,给自己谋一个好前程。那时,妹妹也正面临抉择,刚结束的高考,她是镇中唯一进段的应届生,也只是进了专科段。她不甘心,哭着求父亲供她去县一中复读。一个月后,妹妹也来到了县城。又半个月后,那是一天傍晚,同事告诉我有个自称是我妹妹的小女孩在门口等我,我急忙下楼去看,看见妹妹正拘谨地站在大门一侧,一见我她就咧着嘴笑了，说，哥，我想家了。我说再等一会儿就下班了，我们一起回家。

路上，她说想回镇中复读，因为太想家了，每天都想。我清楚，她从没离开过家，不适应陌生环境，就像我刚来一样。我就鼓励她说，一中教学条件好，很有把握考上本科，再说为了复课爸爸花了不少钱，那不白搭了吗？她被我一点点说动了。县城到小镇三十里路，此时正走到一半，路在这里拐了个弯，由东西方向转为南北，妹妹的心情也已峰回路转。她偷偷告诉我一个秘密：哥，不瞒你说，上星期我借了一辆自行车，想自己骑回家去，走到这地方我就蒙了，咱家不是在县城西边吗，路怎么向南走呢？我担心迷路了，一害怕就又回学校了。我说你真傻。她说是啊，所以我才来找你，我不敢自己回家了。

一年后，我转为计划内临时工，意味着离体制更进了一步，日工资转为月工资，还有奖金，收入足足多了两倍。同月，妹妹接到了医科大学的录取通知。我亲自送妹妹上大学，给她买了新衣新鞋，还给她买了一块手表。在医科大学工作的表哥说，你咋把妹妹打扮得像个假小子？我一看还真是，我按照自己心中的形象在打扮妹妹，潜意识里是希望她勇敢、

坚强。

医科大学上五年。五年中我们频繁通信，兄妹之情在邮路上来来往往，走的是同一条平行的路线。这期间，我结婚、生子，她的学业也日渐精进。有一次她信中说，夜里她曾一个人溜进解剖室，观摩人的尸体和器官。我吓了一跳，她不再是那个连骑车走夜路都害怕的小女孩了。五年里，我最大的不顺，是我考上了公务员，就要办录用手续了，却因政策原因搁浅，喜悦成空。正是那段时间，妹妹来信说有两个男同学追她，一个英俊，但家里穷，一个家庭富裕，但人胖，她很纠结，问我怎么办。我心情低落，连信都没回她。等过了低谷期，想起这事懊悔不迭，这可是妹妹的人生大事，我多失职啊！急忙回信问她，她说两个都回绝了。她并没怪我不给她回信，但我觉得我伤了她的心，这样的大事我却不"在场"，她一定很苦恼，那段时间，也应是她的人生低谷吧。

五年后，妹妹顺利成为一名医生，她高兴地说，哥，等我上班了，就住在你家。我说好啊，让你嫂子天天给你做好吃的。说来更巧，就在她正式上班一个星期后，一个老乡为她准备家宴庆祝，顺便招呼我也去。就在那天，市局突然通知让我去办手续。晚上回来，匆匆赶到老乡家，转干的事悬了五年，终于尘埃落定。从此，我不再是受人歧视的临时工，妹妹也成了令人羡慕的白衣天使。老乡端着酒杯惊诧道，还真有这么巧的事？我觉得也是，好像上天安排我等了妹妹五年。

也有点小遗憾，由于我买的房子没能如期交房，妹妹没能实现上班后和我一起生活的愿望。春节前，她结婚了，先我一步在城里有了自己的家。开春我的房子终于交付，我也把家搬进城里。这等于是，我们几乎同时在城里扎了根，不再是江湖上相依为命的两片浮萍。

人生紧要处，我们的轨迹总是在平行。其实这样的平行，最远能追溯到儿时。上小学四年级时，老师鼓励学生早到，谁第一个签到，当天就会得到表扬，连续一个星期，就给一朵小红花。为了这朵小红花，我五点多就起床，点着煤油炉子烧水做饭。妹妹被惊醒了，她说，哥，我给你看着炉子，你再睡一会儿吧，水开了我再招呼你。过了几天，她干脆和我一起起床、吃早饭，一起上学。清晨六点的街上，黑幽幽清寂无人，教室里更冷清，我签完到就生火炉，然后围着炉子等天亮。有一天，我心里咯噔一下，急忙跑到二年级教室去看妹妹，漆黑

> 爱是家的别称

阴冷的教室里,她正坐在冰凉的炉子边缩成一团,我又心疼又恨自己疏忽,急忙帮她生炉子烤火,让她以后别跟我做伴了,她来这么早也没用。她说还是让我跟你做伴吧,街上那么黑,你一个人不害怕吗?

人们都羡慕我的父母,说儿女都有出息,夸他们教子有方,也有福气。母亲有点小偏心,也有点小迷信,她说我儿子是有福的人,小丫头是沾了她哥的光了。母亲这么说时,妹妹就抿着嘴笑。我们心里清楚,命运如此巧合,那是父母的恩赐。一奶同胞,天生有爱,在人生的路上当然要你等等我,我等等你,不离不弃。我更明白,非但不是妹妹沾了我的光,相反,她才是我生命里的一颗福星。中年如寄,命运的平行不再明显,我们更多的交集,是她领着我在医院的科室间穿梭,或去京津的大医院求医,她的大学同学遍布周边城市,那仿佛是妹妹为她多病的哥哥编织了一张生命的保护网。

都让鸟叼去了

时双庆

姐姐打来电话,说是让我们带着孩子去乡下一户人家摘无花果,我把这个消息说给孩子们听,他们高兴坏了,妻子也欣然同往。

一路上,都是弯弯曲曲的乡间水泥小路,在手机导航的指引下,我们才找到了姐姐所说的小村庄。与周围的乡镇相比,这个小村子实在是太偏僻了,主人家的房子在村子东北角,比邻水塘,西边是大片的田野,再无农庄。

进了小院,两株茂盛的无花果树一下子跳入我的眼帘,姐

爱是家的别称

姐和大娘正忙得不亦乐乎。见我们来了,大娘赶紧递给我一个小篮子,说:"赶紧摘,今天的任务就是把无花果摘干净!"我接过篮子,看到堂屋门前坐着一位老人,也不知道怎么称呼。正犹豫间,大娘笑着说:"论辈分你应该叫姥爷!"我喊了一声姥爷,问他多大年纪了。他笑眯眯地看着我,口齿不清地说:"都快九十了……"我接着他的话问道:"身体可好哩?"他答非所问:"都让鸟叼去了……"大娘在一旁给我做翻译:"老爷子的意思是让我们把无花果摘完,再不摘都让鸟叼走了!"哦,我回过神来,赶紧搬起身边的小梯子,爬上了那棵高大的无花果树。

这棵无花果树结的果可真多,果子不小,青黄相间,好似涂上了鲜艳的颜料。我摘着吃着,香甜可口,嘴和手根本停不下来。

我们这边正忙得不可开交,老爷子突然说:"明年就砍了!"我说:"姥爷,砍了干啥?你看这果子结得多好!"老爷子嘟囔着说:"都让鸟叼去了……"嗯?我还是有些不太明白老爷子的意思,大娘扭过脸对着我说:"老了,糊涂了!"她又把脸对着老爷子,大声喊:"放心吧,保证给你摘完!"

摘无花果的确是个麻烦事，果子结得太多不说，高处的还够不着。我正准备放弃，大娘却说："我扶着你，爬上去，给他摘完！"

天色渐晚，夕阳伴着天边的余晖久久不肯离去。我们把胜利的果实收入囊中，老爷子却只留下了一点点，还说我们摘的要我们带走。

临别时，老爷子起身要送我们，我扶着他说："不用了！"他还是坚持把我们送到了门口，然后，眼巴巴地看着我们坐上了车。最后，依依不舍地说："要不是这，恁咋会来……"我突然明白了老爷子话里的意思，原来，他一点都不糊涂，糊涂的是我们晚辈，是我们这些与乡村生活越来越远的人。

汽车载着我们绝尘而去，"都让鸟叨去了"，一句空落落的话在我耳边回响。一路上，大家都沉默不语，车子里真安静。

母亲的时间之书

耿艳菊

一直觉得母亲不显老,还是年轻时那样,做事风风火火,用不完的热情,腿脚比我还麻利。

秋天的时候,带母亲爬长城,她和孩子一直走在前面,我反而落在他们后面。背包她也要背着,台阶陡的地方她还要回头关照我。回来后,我腿疼了好几天,打电话问她,她说不疼啊,一点没事儿。

夏天那会儿,小弟结婚,是父母心中的一件大事。在老家办,母亲和父亲提前十多天赶回去,忙忙碌碌准备,没有一刻歇着。我们回去的时候，家里都准备妥当了。我一到家，父亲就给我说，你妈自己买了一条红裙子，很合适呢。

印象中，母亲从来没穿过裙子。想想也在情理，她一直忙忙碌碌，哪有机会和时间穿优雅的裙子呢？她回老家之前，我给她商量买礼服的事儿，我还按她的习惯去考虑，说给她买一件红上衣，一条黑裤子。她一下否定了，要旗袍。

我有点惊讶。然而想想也还是在情理，儿子的婚礼上，要庄重讲究。惊讶之后很是开心，给小妹打电话说这事，你看，咱妈心中年轻着呢，还有一颗爱美的心。

穿上旗袍的母亲喜气洋洋，显得更年轻了。尤其是婚礼那天，从没有化过妆的母亲经化妆师一打扮，再穿上典雅的旗袍，简直年轻了十岁，站在热热闹闹的亲朋好友中间，站在她的那些同龄人中，母亲是那样的年轻优雅，我们都很自豪。

如果不是看到了手机相册里的一张照片，我还是觉得母亲很年轻，时光很缓慢，我还是在母亲的羽翼下不知风霜雨雪。

那是我的小孩刚出生那年，我不会照顾，就住到了家里，母亲帮我照看孩子。那是一个秋日的上午，母亲抱着孩子坐在堂屋的沙发上，我拍下了这样一个平常的情景。母亲穿着湖蓝

的毛衣，头发黑油油的，轻轻笑着。原来母亲那时更年轻！

相册里还存着母亲近来的一些照片，过去和现在的对比，才惊觉，母亲一天天在老去。现在的母亲比过去胖了，脸上的皱纹多了，头上的白发多了。

时间似乎在眨眼之间就翻开了新的篇章，看那张照片，我带着幼子住在家里，仿佛是昨天的事，一转眼，我的孩子比我都要高了。

和母亲视频，每回都说上很久，东说说，西聊聊，说说孩子，长得真快，衣服小了，鞋子小了。絮絮叨叨，话永远说不完。

前天视频，她问身后的沙发上搁着的两摞东西是不是书。她不由得感慨起自己这辈子不认字吃的亏，到现在不认识字依然给她的生活带来了很多不便。但她依然在追赶着这个时代，努力学会用微信，写自己的名字。

每个人都有一本时间之书，记录下我们走过的岁月。母亲的时间之书有长长的一部分是儿女们见证的，那是一部精彩的、坚强的、真挚而又热情洋溢的如诗如画的大作。

爱的跟随

慕然

下了火车，天边已泛起了鱼肚白，小城也将醒未醒，距离我上次回家乡，已经过了大半年。路过一街角，有一股熟悉的香味飘了过来，丝丝缕缕，直入肺腑，透着家乡的味道。寻着香味望去，是一炸油条的摊位，摊前一竹竿挑着盏泛黄光的灯泡，灯泡随着隆冬的风轻轻摇曳，一位顾客刚买了油条、豆汁正打包带走。我情不自禁地被油条摊深深吸引，思绪也回到了过去。

在我儿时的记忆中，母亲总是说"早餐要吃好"，似乎早

爱是家的别称

餐的质量，关乎一天的成败。由于父亲工作的特殊，那几年一直上晚班，我的早餐就全包在母亲一人身上。母亲要让我吃上好的早餐，唯一的办法就是早起。如果你是一个早行者，你只需看一看厨房窗户外透着的灯光，你就知道这家一定有一个上学的孩子，这家人一定有一个勤劳的母亲或父亲。

我的一天是在母亲小心而温柔的"起床吃饭了"的声音中开始的，我一直享受着母亲如此准时、周到的亲情早餐。时至今日，我仍然觉得不可思议，母亲早起做饭全靠生物钟，从未睡过头一次。煎蛋、炒米饭、炸馒头片……当然最吸引我的便是那每周一次的油条味，我最期待的就是早晨刚一起床，便看到餐桌上母亲已买回来的油条，还有碗里的甜豆汁。

可能是母亲每天起早的原因，我上六年级时，她时常头疼。父亲对我说："你也是个小男子汉了，周末不上学时你出去买油条吧，让你娘也能休息下。"

那时的县城不大，街道也不宽，每到周末我便骑着自行车，车把手上挂着用来装豆汁的暖瓶，慢慢悠悠地骑行，从门前的路一直向西，十分钟就到了。油条摊就在西阁里附近的一个院子里，院子不大，最多算半个，确切地说，就一旮旯，往里走两步，左手边就是。小院子飘出的油香吸引着大街小巷的脚步，屋内总是排着长队，装满油的大铁锅底下烧着红红的煤火，炸油条的大妈在油锅旁坐着，麻利地操作，揉面、切面，用油锅旁长长的筷子把下入锅中的油条不停地翻个儿。

油条摊生意不错，必须赶早，不然会在"没面了"的呼喊中遗憾而归。就这样，每个周末都是我赶早出门买回油条、豆汁给母亲享用。母亲说只有周末她能睡个好觉，头也不疼了，就这样一直到了我读高中，寄宿在学校。

这么多年，故乡的油条，因为空间而让人思念，也因为穿越了时光而回味悠长，仿佛只有吃到家乡的油条才证明我回到了家里。

如今，父母年近古稀，我的孩子也是一个小男子汉了，我又将母亲的那份爱延续到我的孩子身上。上次回家，我告诉父母，每天早晨，我们会为孩子的早餐忙碌，只是因为有了微波炉、电饭煲等设备，现在的早餐方便而快捷。但是周末我也会让儿子出门到附近的早餐店自己买早点，像我当年那样，目的是想锻炼一下他的生活适应能力。

母亲听后却大惊失色："你怎么能放心让孩子独自出去买

爱是家的别称

早点？当年你爹为了我周末不用早起，让你周末休息时出去买油条，我却又不放心你一个人出去，怕有个闪失，你出门后，我都是悄悄在后面跟着你呀，远远望着你，一次也不落下。"我听后，瞬间泪奔。

今天，回家的路上我又碰到这油条摊，点了两份豆汁、几根油条，打包带给父母。提着油条，我不由自主地回头看了又看……

远方，母亲不曾去过

李晓

扫码听读

去年秋天，父亲去远游了，远游的那个世界，是人间极目不到的无穷远方。父亲走后，母亲蜷缩在外墙苔藓漫漫的老屋子里，翻看一些和父亲在一起的老照片，在回忆里浸泡着一把老骨头。有一张照片，是母亲1964年和父亲结婚时在县城照相馆里拍的照片，父亲穿着四个兜的中山装，衣兜里插着钢笔，母亲扎着辫子，眼神却有些呆萌。当年，父亲在县城机关工作，那是母亲第一次去县城，她走在车水马龙的大街上，步子高高低低，远没有赤足走在家乡田野上那么健步如飞。

爱是家的别称

母亲今年76岁了,县城,也是母亲去的最远的地方了。当年的县城,而今膨胀成百万人口以上的大都市。母亲那年从乡下来到城市随父亲居住,一条大黑狗眼泪汪汪地追赶着小货车,飞奔过一道一道山梁,山梁上的松树在风中摇晃着俯下树冠,似在跟母亲道别。从山梁往下望,是层层稻田,那是母亲大半辈子缓缓蠕动的锅底一样的小村子。

母亲进城以后,父亲一直寻思着,要把母亲带出去走一走。在一张中国地图上,父亲用手比画着他去了哪座城市,参观了哪个风景名胜。父亲说,我们这个城市的面积,对国家这棵参天大树来说,最多只是一片枝叶。母亲伸出手指头在鼻尖上擦着,她有些怀疑,就那么小?

那年秋天,家乡通了机场,我本打算带着父亲母亲坐一趟飞机去北京看看,母亲有次在电视里见过群山苍茫中苍龙一样伸展的长城,对父亲说过,要是亲眼去看看就好了。父亲当场答应,行,我带你去!我正准备订机票,母亲突然嚷嚷着不去了,她的理由是,在地上看看飞机就行了。母亲去过机场看飞机,飞机如大鸟展着翅膀呼啸着冲进了云层,她眯缝着的眼神还在云层里停留着。

母亲为什么不乘飞机去北京，父亲后来一语道破，她舍不得钱。当年去北京的机票是1000多元，母亲盘算着这么多的钱可以买多少大米多少猪肉了。母亲起床，同父亲半夜商量后说，不去，等以后再说。

父亲生前也反复感叹过，母亲这一生没出过远门，这是他的遗憾。父亲78岁那年，患上了严重的痛风，后来还患了帕金森症，长期瘫坐，沙发里形成了一个小坑儿，母亲终日陪伴着父亲，相对无言中比沉默更沉默。父亲每一次艰难起身，都是摇摇晃晃着如拔起了脚下根须的痛楚。心里尽管也涌动着让母亲出一趟远门的念头，但这念头被现实的海浪很快荡涤尽了。一个少年时的友人在上海安了家，几次请我把父母带去走一走。友人回忆，当年在乡下母亲对他家有恩，家里揭不开锅了，他母亲提着一个袋子走遍了全村去借粮，只有我母亲把柜子里最后的口粮拿了出来，50斤黄金一般的稻谷倒进那个嗷嗷待哺的口袋里。

那次我把想带父母去上海的想法说出来后，母亲连连摆手说，不去了，不去了，我和你爸还是在家里放心。腊月里，母亲还把自己亲手做的腊肉腊肠让我用快递给上海的友人寄去。

如今，一辈子浸染在烟熏火燎风霜雨雪里的母亲，困在老房子里的母亲，腿脚也不方便了，我甚至已放下了带她去远游的念头。这个世界的花红柳绿繁花似锦，对母亲来说，都没有一家人平平安安相伴重要。

在这个世上，有人横穿地球，也有人在时间的押送里，一辈子生活成老墙上一个小小的闹钟，在嘀嘀嗒嗒声中陷入巨大的苍茫里。

母老成仆

陈志发

作为一个典型的农村妇人,母亲一生坎坷,共生育了六个子女。在她还不到五十岁时,我的父亲就因病辞世。那时,仿佛世间所有的悲凉都袭向了母亲单薄的身体。母亲凄凄哀哀了好几年。其间,做什么事都不上心,对什么人甚至是我们也漠不关心。我不止一次听到我妻及其妯娌埋怨之言。我也无法理解母亲的行为。

二十多年一晃而过,如今,母亲已七十有余!但无论我们怎么劝说,她还是坚持单火独灶地守着那间老屋。其时,面对

爱是家的别称

一头花白的头发、一脸堆叠的皱纹的她，我们所有的成见早已丢尽！而就在这时，才突然发现，母亲似乎脱胎换骨，让我们惊讶得无所适从。

那是前几年，国家实施二孩政策，我和妻都想着为家再添一丁，可苦于二人忙于工作无人带小孩而犹豫不决，又情知母亲上了年岁也断不愿意。哪知，有一天我和母亲单独在一起时，她竟悄悄跟我说："你们就一个小孩，太孤单了，再生一个吧，热闹点。"她看了我一眼，接着说，"我来带，我身体这几年还行。"晚上，我把这话说给妻听，妻露出了和我当时一样不可置信的表情。

也就是从那时开始，一直疏于劳作的母亲忙碌了起来。哥哥弟弟是农民，也一直生活在老家，常常为了做一些零散活儿而早出晚归。一天，嫂子跟大家说："今年怪了。以前都是我们天黑回来，再做饭一家人吃。现在一回来，老人家就把我们的饭给做好了。"弟媳妇也紧跟着道："我家也是，老人家常在我们不在时，把我家里里外外收拾得干干净净、井井有条。"然后，大家就突然想起了什么，沉默了——一屋子人，只听母亲在院子里带着刚上幼儿园的小侄女的笑声。

有一回，妹妹回来，大家聊着美食。妹妹说，她很久没吃到可口的板果（家乡的一种用红薯粉及各种材料蒸的点心）了，她婆婆做不好。说者无心，听者有意，第二天的早餐桌上，板果就出现在了我们大大小小十几人眼前。看着一碗碗已盛好的晶莹剔透、汤汁溢香的板果，看着双眼充满血丝而又笑盈盈的母亲，我们你望望我、我望望你：母亲一个人做这么多板果，该是几点钟起的床呀？

荒芜几年的菜园也被母亲重新收拾了起来，一年四季绿意葱茏。我们不仅可以常年吃到时鲜的农家菜蔬，而且母亲常会变戏法似的为我们拿出腌辣椒、泡菜、豆瓣酱等可口的小菜，令我们真正感受到了"家有一老，如有一宝"的美好。

去年，母亲破天荒地把我们所有兄弟姐妹叫到她住的那栋老房子过年。除夕那天，母亲一人杀鸡、剖鱼、包饺子，然后是下到烟雾缭绕的厨房，窸窸窣窣地忙得手脚不停。我们看着她那羸弱的身影，都想上去帮忙，但都被挡了回来："你们平时就够辛苦的了，今天你们什么都不用干，都给我看电视去。厨房里我一人就够了。"年夜饭上，满满当当一大桌子菜，十几人围了一个整圈。我们喝酒行拳，品茗谈笑，而母亲却总是

站在我们身边,身系着围裙,时时为我们小孩添菜、为我们续茶。我们也几次叫她坐在大家中间,她都说:"站着好嘞,站着好嘞。"然后用袖套擦擦眼角,"家里难得这么热闹,看着你们,我高兴呢。"突然之间,我脑中闪出这样一帧电影镜头:主人一家拥桌而坐,几个妇人侍立一旁,随时伺候——曾几何时,在母亲身边,我们竟不自觉地有了主人的优渥,而七十多岁的老母,却成了我们的佣仆!

泪,一下子夺眶而出……

母老成仆,这是子女的大不孝!但我又知道,母亲乐于此。"这么个岁数,不知啥时就被收走了呢。"在和别人说这话时,母亲眼里是敞亮的。悠悠岁月里,母亲是想留给我们更多呀!

你在，爸妈不老

陈柏清

周五的下班铃一响，我的鼠标急急奔赴左下角，关闭页面。屏幕未灰，手机、平板、笔记本、钥匙都进包了。我站起来，对桌的小陶看我的架势，对我说："明天又不来加班吗？""不来。"我斩钉截铁。"真不知你咋想的，回家干活儿多不方便，在办公室有资源，还有加班费。"她善意地冲我眨了眨眼睛，又补充说，"还能陪陪我。"我笑了，顿了片刻，"你还年轻。"

也许小陶还在品味我那句"你还年轻"，我的车已经驶在

回家的路上。少年时顾学业，青年时顾事业，结婚了顾家庭、顾孩子，人至中年，孩子独立，事业但求无过，父母，成了日程表上的头题。

不知为何，回家的路总是特别顺畅，时间仿佛被剪辑，一瞬间就到了。篱笆上爬的扁豆角叶子已经开始凋零，院外的几棵杨树叶子脱落，赤裸相见。父亲穿着黑坎肩，正在院子里扫落叶，大概听见了车声，手搭凉棚遮挡着落日，朝这边看过来，夕阳给他镀上了一层金边，母亲坐在阶前的小板凳上，正在翻着竹篾里晾晒的大红枣，一头银发泛着光。我停了几秒，让感动的情境刻在我心，这是岁月静好。

提着大包小裹进院，母亲看了看手表，"今天晚了好几分钟，路上堵车了？""没有，"我看了下手机，惊叹母亲的精准，"开得慢了点。""慢点好，"父亲接话，"孩子饿了吧，快去开饭。"母亲甩了父亲一眼，"我还不知道，你也不说把孩子东西接过来一把。"我说不用，心里暗笑，一面对我，爸妈便生出了许多小矫情。

晚饭后，把不好用的插座换掉，新买的电褥子铺上，然后躺在沙发上听他们忆苦思甜，每次的话都不差样，我暗暗惊叹他们的记忆力,连我,也是做不到的。

　　吃过早饭闷在房间里忙工作,手机平板并用,网却不给力,复读机般反复,未免焦躁,本子放的声音大了点,母亲端了一杯大枣茶进来,"家里网慢吧。""不慢,没事儿。"我说,母亲静静坐在我的身后,父亲走进来,看了我一眼,往外拉母亲,"孩子工作呢,别打扰。""我就看着,不说话。"母亲像个委屈的孩子,我笑着对父亲说,"让妈妈陪我吧,您没事儿也坐吧,也许我就有灵感了。"父亲看了看我,又看了看母亲,也坐下了。我知道,对于互联网,父母还未完全扫盲,远远看不懂我搞的东西,可他们就想看,而且看得很认真。他们看的不是电脑,看的是这个坐在电脑前的女儿。想到很久以前,我写作业,他们不也是这般看过来的吗?那时他们年轻,乌发靓颜,宠着、惯着,有时生气了也许会拍你两巴掌。如今他们白发苍苍,小心翼翼地只希望多看看你。我的眼睛突然有些辣……刚才的焦躁仿佛被一阵清风送走。

　　这世间有一种陪伴,叫回家工作,这世间有一种幸福,叫多年后父母还能看着你工作。我的笑容不再勉强,回过头去对爸爸说,"爸,咱俩顶个门儿。看我还顶过你不?"父亲

爱是家的别称

说,"你都多大了,还顶门儿。"我不由分说,把脑门抵在那苍老的额头上,当然,我必须输,父亲哈哈大笑,母亲也被逗得咯咯笑得像个小姑娘,扭头对父亲说,"你这姑娘,一辈子长不大。"我说,"我不大,你们不老嘛!"

周末,可以有许多安排,朋友小聚,游山玩水,躺在床上刷剧、刷手机、玩游戏,甚或去单位加班赚点外快,可是,可曾想过家中父母亲的目光?父母亲老了,也许曾为你遮风挡雨的羽翼不再有力量,可是他们仍有执着的爱的目光,不要让每个周末的盼望零落,不要让每个假日期待的目光弯折,也许他们并不需要太多的钱物,也许他们不理解你的工作,可是他们只要看着,只要当面跟你说说话,只要你触手可及,这也许就是他们最大的满足。

常回家看看,回家看看,回到父母的视线里,你在,父母便有未来可期,你来,那叫家,你不来,那叫空巢。你在,爸妈不老。

鹅毛压得父亲喘

夏生荷

每到冬季,父亲都要去收鹅毛,此时乡下的养鹅人,都会把鹅毛拔下来卖钱。父亲便拿着麻袋和扁担,走村串屯地上门去收,早出晚归。

天一黑,我就跟姐姐站在村口的冷风中,等待父亲的归来。有一年,父亲身体特别弱,"鹅毛担子"一上肩,就大口大口地又喘又咳,为此每次看到父亲,姐姐便会飞快地跑过去,接过他的担子,父亲便如释重负,一下轻松很多。年幼的我很是不懂,那鹅毛担子,分明很轻盈,我曾挑过几次,看似

爱是家的别称

鼓囊囊的两麻袋，其实一点都不重，轻如鸿毛呀，可为何在父亲的肩上，却是那般沉重，压得他直喘呢？

晚饭后，父亲拨亮带玻璃罩的油灯，借着灯光，将收来的鹅毛，全部摊放在屋内，然后打开家里所有的门，让阵阵萧萧北风穿屋而过——他要一边拨弄，一边利用那又冷又硬的北风，将鹅毛中最轻、最软，也是最值钱、最有用处的鹅绒，吹分离开来，另作他用，吹不起来的则卖给毛厂。

如若吹进来的风不够大，父亲就拿扇子去扇，被他扇起的鹅绒，恰似屋外飘扬的雪花，片片雪白，凌空飞舞。父亲一边扇，一边剧烈地喘着、咳着，形单影只地被一片"雪白"若隐若现地裹挟着，碰触着，吞没着……他从不让我和姐姐帮忙，而让我们去学习。

父亲为何气喘和咳嗽得那么严重，我从不知其因。我更不明白，为何村里别的成年男子，都去集体的队里上工，挣工分，可他却不去，而让柔弱的母亲去。

母亲白天上工，晚上还要做羽绒鞋，好卖了赚些钱，供我和姐姐读书，父亲分拣出的鹅绒，正是她做鞋时所需的填充保暖材料。母亲的手很巧，做出的羽绒鞋暖和得很，极受镇上的居民欢迎，尤其是临近春节的腊月，定做羽绒鞋的人很多，母亲要整宿整宿地去做，天快亮时才能和衣躺会儿。

更糟的是，我家的泥墙草屋，也在那年的一场暴雪中坍塌了，一家只能住进一间四面都漏风的草棚里。晚上归来，母亲仍要在草棚里做鞋，父亲分过鹅绒后，还得去垒房子——取来半干半湿的田泥，赤脚将它们一脚脚地踩熟，踩得有黏性和劲道，之后再用它们去垒墙。垒一层，晾干后，第二晚再接着垒第二层，如此反复……因为太冷，母亲的双手很快被冻伤，又痛又痒。父亲也喘得嗽得更严重了，但他们继续坚持着。

几个月后，泥屋终于垒起来了，春天也到来了，父亲的咳喘渐渐有了缓解；母亲的双手也好了些。他们卖鹅毛和羽绒鞋所得利润，得以凑齐我和姐姐的学杂费，一家人总算熬过来了。

后来，我才知道，父亲当年患有较重的慢性支气管炎，因为怕花钱治疗，只能硬扛着，医生告诫他不要干重体力活，要休息，否则极易发展成肺气肿。可父亲哪肯休息，他坚决要去收鹅毛，因为这活儿相对轻松些，还能帮母亲。

多年后，父亲和母亲相继去世。有一次，我回到老家，

爱是家的别称

在老屋的角落里，惊讶地发现了一小窝的鹅绒，它们轻轻地拢在一起，像落入人间经年不散的流云，泊在母亲留下的鞋样子旁。鹅绒是那么的轻盈，有风掠过，便会飘散。但奇怪的是，它们竟始终在那里，一如当年此时。

我终于懂了，当年，压在父亲肩上的担子看似轻如鸿毛，但对于贫病交困的他来说，却是千钧之担，于母亲也同样如此。可面对薄待他们的那个寒冬，父亲和母亲并未屈服、抱怨，而是用尽所有力气，彼此配合，携手反抗，只为他们的孩子——年幼的我和姐姐，打开一个阳光明媚的未来之春！在当时那个农村普遍穷困的特殊年代，我和姐姐是方圆几十里地仅有的都读过书、上了大学的两姐弟，谁也没因贫困而辍学。

父亲肩上担起的和母亲手中操持的，虽然只是一片片很轻很轻的鹅毛，但由此诞生出来的爱，却重于泰山。

（该文被选作2020年中考黑龙江绥化卷阅读题材料）

那个等你一起吃饭的人

找个理由去原谅

管洪芬

为了一点小事，没忍住又和老公拌起了嘴。拌累了，想到这个我与之结婚快二十年的男人，从来都这么固执、认死理、不懂变通，真是气不打一处来，懒得再理他，我转身就回了房。开电视，看手机，竟莫名心烦意乱，再看时间，差不多是做饭时间了，便又去了厨房。

拿出早上备好的蔬菜，正在清洗整理的瞬间，女儿从身后慢慢地凑过来，未曾说话却已笑出了声。问她："笑什么？"女儿也不遮掩，说："妈妈，我发现你最近有个大改变。以前你和爸爸如果吵了架,你会一直生气然后罢工,最近却不是这样,无论你们吵得多凶,你居然该干吗还是干吗。"问她:"那你希望我罢工,还是该干吗干吗?"女儿调皮地吐了下舌头,说:"当然希望你们不伤和气,尽快恢复家庭和睦啊,我只不过是有一点好奇,好奇而已。"

我忍不住笑,有什么好奇的?不过是人到中年,经历了很多,懂得了很多,于是潜移默化中,也更愿意去包容和体谅。围城中的两人,即便婚姻多么和谐,也难逃偶尔的看法不一,于是会因此拌嘴、吵架,甚至冷战,但彼时不妨多想想他的好,想想过去的岁月里他曾温暖过你的时光,也算是找个理由去原谅吧。我告诉女儿,爸爸虽然固执,认死理,不像别人家的男人那么会说甜言蜜语,但是他上进、顾家,对亲人也好得没话说,细想想还是优点多多。

去年于我,算是个尤为艰难的年份。先是工作不得意,随后父亲母亲轮流生病,然后父亲因病住院,那段时间,我焦灼无助,感觉一眼望去的都是无边的黑暗。是老公二话不说,从公司里请了假,陪着母亲东奔西走看病,然后父亲住院的那段时间,他更是极尽照顾,比我这个做女儿的还体贴入微,让我

那一个等／一起吃饭的人

看着感动,也曾有过些许愧疚,他却说:"这难道不是我应该做的吗?"或者很多人说,对啊,是应该做的,要不然要女婿干吗?但是,只有经历过的人才懂得,当你茫然无助的时候,有他愿意为你顶天立地是多么幸福。

和他结婚之初,我们还住在偏远的镇上。那时候的他,会因为我说饿,半夜跑到街上给我买烧烤,买炒面;会因为在清晨醒来我说了一句"想吃砂锅粉丝但懒得出去",他拿了碗就出门……岁月滑过二十年,他已不复从前的浪漫,却依然不失温柔体贴,每天下了班回到家,无论多累,都会抢着炒菜、洗碗、带小孩,会给我们洗水果,会把好的都留给我们……

人非圣贤,岂能完美?像我,从来脾气暴躁,却一直受他包容,即便吵架生气,也不过是仅仅我生了他的气,而他则从来不生我的气。不是他傻,不过是因为他懂我,了解我,因为我们相爱,于是有千百个理由来原谅我。而我呢,走过岁月,收敛了任性和霸道,也终于学会了去原谅。爱是包容,也是谦让。找个理由去原谅,不过是懂得了如何去更爱和更珍惜。

时光的收藏者

刘希

那日和父母坐在一起聊天,我无意中发现,我的小腿上有一块像月牙儿形状的小疤痕,本以为是年少贪玩时磕碰留下的,没想到母亲只见了一眼,便说是我自己割的。

原来是我三岁半时,一日随母亲下地干活,我在田埂边休息,闲得无聊,便学着母亲的样子,拿起放在旁边的镰刀便开始割草。小小的我哪知道怎么使用镰刀,一下子就割到了自己的小腿,吓得哇哇大哭。母亲听了,急忙奔过来,赶紧扯了把艾蒿帮我止血。好在镰刀并不锋利,我力量也弱小,只割破了一个小口子，伤口没几日便愈合了，现在伤疤很小很淡，不仔细看还真发现不了。

母亲说我小时候特别调皮，会爬树、翻墙、钓鱼、捉虾。一次我从一棵高大的杏树上掉下来，脑袋磕破了，流了很多血，可把他们吓着了。那天天色已晚，父亲忙完农活回家还来不及休息，便背着我向镇中心医院跑，他心急火燎只想早点到达医院，没注意到脚下的路，绊到一块石头，重重地摔了下去。他爬起来抱着我又继续跑，忘了自己的腿正渗血。到了医院，医生给我做了包扎后他才安心下来，这才注意到腿上破了很大一个口子。

父亲听了母亲的讲述，不好意思地笑了起来。他说我小时候不仅贪玩、调皮，还特别粗心大意，总是丢三落四，忘东忘西，在学习上更是如此。那时候他很担心我能否读到初中毕业。一次我在作业本上写了一句"一只鸟鸭到处找小喝"，当时他看到这句又好笑又好气，也正因为那次父亲的发现，他开始刻意训练我的专注力和注意力，每天陪着我学习，逐渐地改变了我马虎的坏毛病。那次我闹的笑话，父亲从来没有在我面前提起过，他小心翼翼地呵护我的自尊，总是鼓励我，说我聪明乖巧，将来肯定大有出息。若不是他提起，这些小时候的毛病我真的忘了，当这事被他提起，我没有不安和难过，只有感激与释然。而父亲，忍了多年的笑意，在那刻终于没忍住，笑得眼泪都涌了出来。

成长的点点滴滴，很多都已经被我们遗忘，但父母却都深藏在心底。若不是他们帮我们记着，真不知道在我们幼年的时候，还经历过这样那样的喜事、趣事、囧事。这些事被父母细心地收藏着，稍一被提起，他们就像打开了记忆的闸门，滔滔不绝地讲述，津津有味地回忆。我们看到了他们的担忧、恐惧，也看到了他们无微不至的爱与关怀。父母是时光的收藏者，他们收藏着我们成长的点点滴滴，见证了生命的奇迹与美好，他们用行动来诠释，我们是上天送给他们的最好的礼物，需要他们时刻宠爱着。

因为心里有爱，而我们也终将成为下一个时光的收藏者。

那个等你的一起吃饭的人

刘世河

在我儿时的记忆里,我们全家人虽然同在一个屋檐下住着,但家人们一日三餐全都凑在一块儿吃的场景并不太多见。缺席最多的就是父亲。早些年,家里一直开着一间小规模的豆腐坊,专做水豆腐,每天几十斤的样子。那时候,水豆腐的价格并不算贵,但村里人却极少有舍得吃的,所以父亲每天都要用扁担挑到三里外的县城去卖。豆腐是头天晚上做好,次日早晨出锅,父亲每次都去得很早,早饭是无暇吃的。哥哥姐姐要上学,母亲便打发他们先吃,自己却并不动筷,而是等着父亲从县城回来以后再一块儿吃。父亲回来的点没个准儿，因为要以豆腐出手的快慢来定，有时挺早，有时就到了半头晌。但无论多晚，母亲都会等着。

听到父亲一进院子，母亲便开始忙活起来。先往灶膛里填几把柴火，将锅里的稀饭或粥温热，再切些小咸菜，或者炸一碟花生米。等这些都备好了，父亲那边也已经将卖豆腐的家伙什儿收拾妥当，匆匆洗一把脸，便一屁股坐到饭桌前。于是，两个人对面而坐，开始共进早餐。

晚餐，哥哥姐姐都已放学，全家人倒是齐了。可是父亲晚上喜欢抿两口，虽然酒量不大，却每晚必喝，且喝得极慢，往往我们几个孩子都吃饱了，他还在那里慢悠悠地抿着。而母亲就坐在一旁，一边和父亲说着话，一边等，直到父亲一仰脖喝完最后一口，俩人才正式开吃。大概是心疼母亲饿着肚子等他不落忍，父亲有一次便说："与其这样干等着，不如你也整两盅吧！"起始母亲是不愿喝的，可架不住父亲老劝，便端起了杯来。不想这一端就放不下了，后来竟发展到每天不喝两口就觉得不得劲儿的地步。有时候两人还煞有介事地碰一下杯，而且动作自然娴熟得就像一对酒逢知己的老友，十分有趣。

后来，由于长时间的弯腰劳作，体格本就不怎么壮实的父亲落下了腰疼的毛病。做豆腐的营生只好作罢，但依然不得闲。父亲年轻那会儿在人民公社大食堂的后厨里干过一段临时工，加上在厨事方面又颇有些天赋，所以顺理成章地，父亲就又成了村里红白喜事的御用大厨。只是，父亲每次在别人家完成大厨的差事后，却极少留下吃饭，即便晚点也要赶回家来和母亲一块吃。

这时我已经长大了些，又想起早些年父亲去县城卖豆腐时也是早晚都要赶回家来吃饭的，便愈发不解。心想如果说早些年是因为日子拮据，父亲舍不得花钱在外边吃，可如今家里的境况已大有好转，况且不管是哪家炒菜，吃的喝的席面总比家里丰盛多了。而父亲却舍盛求简，偏偏要回家吃母亲做的家常便饭。

终于忍不住，我特意问了父亲，父亲笑了笑："在那里煎炒烹炸地忙了半天，光熏也差不多熏饱了，再说，我自个儿在那里吃大席，你娘又不能跟着，心里有点不得劲。而且更关键的是，我若不回家吃，你娘她保准自己就简简单单地对付一顿拉倒，很可能连菜都不炒。"

我又问母亲，母亲说："早些年你爹确实是心疼花钱，不舍得在外边买着吃，而我之所以执意要等你爹回来一起吃，那是因为他在外边辛辛苦苦卖豆腐，又累又饿的，回家了就得吃口热乎的。这热乎其实有两层意思，一是饭菜热乎，再就是心里热乎，饭凉了可以生火温温，但如果没人等着，就总感觉是残席剩饭，心终是凉的。我早晚等着他一块儿吃，就是想让你爹心里也热乎。再说，一想到你爹还在外边饿着肚子，我也确实吃不下呀！"

两个人的回答貌似不同，实则极其一致。其实夫妻间的这种状态还有一个很雅的说法叫举"杯"齐眉，可我的父亲母亲并不晓得，他们只是在携手前行的时光里不想错过彼此在一起吃饭的任何一次机会。

在那片蔚蓝的天空下

邹世昌

在那片蔚蓝的天空下,一定有我的母亲。八百里杂草阡陌,母亲也如一粒小小的种子,淹没在谷黍地里。她手握小锄,蹲在谷与草肆虐的青垄旁,寸挪步移,用阳光的温度和汗水的湿度,置换着饭桌上的每一粒果腹之米。她的目光温柔如水,心不急,手不乱,薅掉一棵棵杂草,还原一棵棵小苗,在没有除草剂称雄的岁月里,母亲用一把小锄,砍掉了多少熹微的晨辉、似火的烈日、如血的斜阳。母亲的世界里没有诗,她却在诗的世界里朴素地忙碌着,生活着。

在那片蔚蓝的天空下，一定有我的母亲。她头戴旧斗笠，腰挂军水壶，手拎一把青幽幽的镰刀下地，她一定用那被圪针扎得肿胀如鼓、面目全非的手掌，在某一个沟沟沿沿，踮起脚采一枚枚胖胖红红的大枣或小如玛瑙的酸山枣，实在摘不到，她就左手握镰，将枣树的身子搂过来，右手穿过带刺的枣叶，采下"一分、二分、五分"的学费、盐巴和希望。母亲的大股节病和脚上的累累伤痕，镌刻了那段白手兴家的每一个日日夜夜。

在那片蔚蓝的天空下，一定有我的母亲。她在齐腰深的青苗地里穿行，白花花或灰黑色的化肥被她均匀地撒在黄土地里，在父亲的吆喝声和响亮的鞭哨声里，小毛驴绷紧身子，四蹄如飞，犁铧蹚出一条条垄沟，一棵棵玉米秧被撞得东倒西歪，而母亲就在后面一棵棵地扶。母亲把它们都当作自己的孩子，扶正培土，裸露的化肥也一脚抿上，不浪费每一分资源。母亲有母亲的哲学，母亲的哲学她自己都不知道，她的哲学都在手脚之间，在汗水、阳光、露珠与庄稼之间。

在那片蔚蓝的天空下，一定有我的母亲。她一定走在蹒跚的山路上，背上是一捆湿重如鼎的荆柴，手中拎着小筐，筐里

那个等你一起吃饭的人

一定装着红蘑菇或黄蘑菇，运气好的话，还会有珍贵的白蘑和油蘑，有时还会变戏法似的从衣兜里掏出一枚枚山果，来不及洗，用袖子擦了擦，就塞给弟弟和我。晚上，母亲会将蘑菇焯几遍后，放一些肉和白菜，炖一道好菜。永远记得那个秋雨绵绵的日子，母亲用"松蘑丁"（小松蘑）、大酱外加一些肉末做成的蘑菇酱，香飘十里，口齿留香。

在那片蔚蓝的天空下，一定有我的母亲。她几夜没有睡好，老家五间房子，东西两屋的土炕上，铺排着一个个孵化鸡雏的水床，水床上的几千枚鸡蛋，每一枚都是母亲的孩子，母亲要给每一枚鸡蛋翻身，监测体温，热了要兑一些冷水，冷了灌下去两壶开水，还不时拿起鸡蛋对着灯泡照一照，看是否健康。鸡雏要出壳的日子，母亲整夜整夜地不睡觉，亲手接生每一个毛茸茸的小家伙，个别体弱啄不破壳的，母亲一锥子下去，湿漉漉的小脑袋就探出来了。所有孵化的小鸡都认母亲为妈妈，这时候的母亲不觉得累，她是最幸福的。

在那蔚蓝的天空下，一定有我的母亲。梦中她不停地张望，用浑浊的双眼，喏喏地叫着我的名字。想念是穿越时空的力，不受任何高山大河的阻碍，不向世俗低头。母亲无处不在,她一定在远山的另一端,对苍穹、对大地、对日月和万物生灵祈祷着,祈祝现世安稳,子孙安健。我知道,母亲一定想我了,否则我不会于梦中醒来,泪洒衣衫……

假日里的厨房

鲍海英

假日里,我每天下班回家,路过楼梯拐角时,就能闻到从一楼住户厨房里飘出的浓浓的香味。

这个一楼住户,她家有一个聪明的女儿,正在武汉上大学。在她放假前,我很少能看见她家厨房里有忙碌的身影,更别说会有什么香味从厨房里飘出来。

那天早上,我去上班,迎面碰见这位一楼的女主人。她正从菜市场回来,手里提着鱼和排骨。我停下脚步,笑着问她:"姑娘放假了,这些天我天天闻见你家厨房里的香味,今天是做鱼汤和红烧排骨吧？"

"是的呢，我家丫头昨天要吃红烧鸡翅，今天专门点了鱼汤和排骨。"说到她姑娘，女主人满脸幸福地答道。

那一刻，我突然被女主人的幸福打动了。为了女儿，这么一大早去菜市场，天又这么热，每天都变着花样下厨给女儿做饭，她不仅没有一点怨言，还满脸洋溢着微笑。我想，姑娘不在家时，夫妻两人绝对不会费如此周折，女主人绝对不会每天如此辛劳，奔忙在菜市场和厨房之间。

我突然想到了我自己。在我还是学生时，我每个假日回家，家里就像是来了什么重要客人似的那样热闹。母亲早早就会在厨房里忙碌起来。这个时候，父亲也会给母亲打下手，帮忙杀鸡、杀鸭，择菜、洗菜，从菜园子里到灶膛，父亲忙得脚不沾地。常常还没到中午，厨房里就飘满了诱人的香味。

学生时代，那些放假的日子，只要我回家，母亲仿佛要把家里最好的食材，全部做成美食给我吃似的。等我周日下午离家返校，家里的厨房又恢复了平静，香喷喷的味道也随之消失，父亲和母亲又开始了糊弄的生活。

后来我上大学、结婚，到城里工作，也只有在假日，才会

那个等你一起吃饭的人

有时间回家看看父母。每次回家，母亲总像变戏法似的，从冰箱里取出许多菜，在厨房里忙个不停。

记得有一次，父亲给我打电话，说他在沟塘里捉到了几条大黄鳝，叫我们放假回家一起吃。恰巧，那个周末比较忙，没能抽空回家。好不容易等到下一个假日，当我和老公带着孩子回家时，发现父亲养在桶里的黄鳝死了。

"黄鳝活着时，你和妈在家，为什么不烧来吃？"看见几条大黄鳝就这样死了，非常可惜，我不禁责问父亲。

"黄鳝昨天还好好地活着，不承想，就突然死了，真的没想到。"父亲讪讪地说道。

"你爸怕黄鳝死了，这些天，他天天忙着给黄鳝换水，我说时间长了怕黄鳝死了，你爸总是说，闺女喜欢吃，再等几天闺女就放假回家了，不会死的，不会的。"母亲也叹气。

其实我是知道父亲的。父亲知道我自小爱吃黄鳝，所以他抱着幻想，希望黄鳝能够活到我们回家。

父亲本来蛮有把握，我们放假回家可以吃到红烧黄鳝。岂料，那个假日的中午，在老家的厨房里，却少了这样一道让父亲骄傲的菜。

虽然缺少了一道这样的菜，但是我仍觉得无比的幸福。因为在父母的厨房里，如果有了好食材，父母总是想方设法留着，等我们假日回家，再用心烹制我们爱吃的菜肴，这假日里的厨房，永远弥漫着平常日子里没有的爱的味道。

爱到深处是妥协

杨志艳

女人在怀孕的时候总是憧憬孩子未来的种种：皮肤要白，头发要多，大脑要够聪明，长得要继承两个人的优点，把缺点要全部摒弃掉。那些准妈妈们为了培养孩子们的艺术细胞，从怀孕几月伊始就着手让宝贝们在妈妈的肚子里听音乐，并且还美其名曰：胎教。

孩子一出生，顾不上生育的疼痛，尽管身子羸弱，但她迫切地就想知道自己所生的"心头肉"是否健康。

"健康，但皱皱巴巴得像个小老头儿，长得有点丑。"爸爸答得中肯，妈妈听后宽心地轻吁了一口气，虚弱地回应："丑点没关系，不吓人就行。"

孩子入学了，接送孩子上学放学成了家长的必修课，每个妈妈似乎在这段时期都表现得精力充沛，对孩子的教育铆足了劲，恨不能揠苗助长，生怕孩子输在了起跑线上。她们给女孩子报舞蹈班、绘画班、钢琴班，希望女孩子们在学好功课的同时不能荒废了才艺，别人都说技多不压身，在这个男女平等的社会里仿佛多门才艺就会在将来的就业中多了一项竞争力。男孩子们则更多的是报奥数班、跆拳道班、书法班，她们也希望男孩子们多技傍身，以便将来立足这个社会能够有更好的发展前景。并且那些妈妈们平日里对孩子的古诗词、英语的情景对话要求背诵得滚瓜烂熟，好像不这样就要落后于人，要是孩子背诵得生疏了或者结巴了，妈妈们的脸顿时黑得如同寒冬腊月里尚未燃烧的焦炭。

渐渐的，孩子感到了压力，日益倦怠的他抱怨童年缺少乐趣。想想自己儿时上树抓蝉下河捞虾的日子甚是惬意，再看看孩子的苦瓜脸，于是妈妈心软了，只要孩子身心健康就足矣了，何必要强求那么多东西附加在他身上呢？这些所谓的未

雨绸缪都是为将来铺垫，将来是五年后还是十年后或者是二十年后呢？既然未来有太多的变数与不确定因素，于是妈妈释然了，再次选择降低标准，只求活在当下，只想孩子将来有碗饭吃就好，能够自食其力就行。于是她力排亲人讶异的目光，把孩子从纷繁复杂的题海中、培优的罅隙时光里抽离出来，尽情享受着跟大自然的亲密接触。

孩子一天天长大，上高中寄宿的他与妈妈相处的时间更少了，孩子在与同学朝夕相处的时光里学会了比较，也会计较成绩的优劣、排名的先后，内心深处滋长着不甘人后的傲娇。这时的妈妈便宽慰道："尽自己努力就行了，保持平常心，没必要那么争强好胜。况且卡尔·雅斯贝尔斯说过，教育的本质就是一棵树摇动另一棵树，一朵云推动另一朵云，一个灵魂唤醒另一个灵魂。"

"老妈，你的心真够大的，人生处处充满竞争，这个社会最真实的底色就是优胜劣汰，你晓得个啥？"比妈妈还高半个头的儿子回呛得如此给力，而妈妈竟嗫嚅半天，站在原地说不出个所以然来。

长大的鸟儿终究是飞出去了，一晃眼他上大学了，上大学的他很忙,似乎上进心更强了,电话里说第一学期他的目标是英语过六级。她则说:"过不过六级没关系的,不要让自己太累了,学不好没关系的,记住你还有个家,万一不行老妈养活你。"

"我才不啃老呢!那不是我做人的风格。"儿子不屑地打断了她的说话,挂了电话后她还冥想了半天,自己说得不对吗?

大学快毕业了,孩子又忙着考研,似乎更忙了,打电话回去,她竟又重复着没出息的话:"儿子,只要你平安就好,即使你一事无成也是妈的好儿子……"

"你还是我的妈吗?做人标准好低,你年轻时候争强好胜的劲儿到哪儿去了?"

是呀,在大半生漏洒的光阴里,妈妈对孩子的标准越来越低,一直低到尘埃里,仿佛连灰尘都能开出幸福的花朵。在这个尘世里,妈妈不图大富大贵,只要孩子独立自主即可;不图声名显赫,只求孩子快乐安康就行,哪怕是粗茶淡饭,只要孩子轻轻叫了一声妈,她那饱经风霜的脸顿时绽放得宛若秋菊般灿烂!

陪你走过伤痕

安宁

下班后,看到已经哭着睡去的阿尔姗娜。她的半张脸,因在幼儿园奔跑时摔伤在水泥地上,擦出大片的血迹。想到结疤后可能留下一生祛除不掉的印记,想到以后每天要面对这样一张满是疤痕的脸,心痛得要死,眼泪哗哗流淌下来。

一晚上没有睡着,醒来咨询医生,知道这种摔伤没有什么办法,只能等待一两个月过去,结疤去掉,再慢慢消除色素沉淀,直至恢复如初。或许,时间要长达一两年。所以,我也只能陪着她,慢慢地熬过这段时光。

小孩子完全不知道容貌如果留下缺陷，会在以后漫长的人生中，遇到怎样的困境。醒来后的阿尔姗娜，因为不再感觉到疼痛，重新绽开笑颜，她甚至还称自己是小怪兽。见我答应她伤疤脱落后，陪她去参观自然博物馆，便不停问我，是不是她现在去了，博物馆里的恐龙啊鲨鱼啊都会吓得跑掉？它们为什么会害怕她这个小怪兽呢？又问：妈妈，你看到我的脸，为什么也会害怕呢？我只能安慰她：妈妈不是害怕，只是看到你的伤口特别心疼。

我破例让阿尔姗娜进书房里来，在我洒满阳光的书桌旁待着。于是我一边工作，一边看她像小猪一样，在枕头上跳上跳下，并叽叽喳喳地继续问十万个为什么。我倒的一杯奶茶，都被她就着果条咕咚咕咚全喝光了。叠好的被子呢，也让她大大地摊在床上。她还脱了裤子，只穿一个小内裤，在柔软的被子上坐着翻书。因为奔走于买学区房，我好久没与阿尔姗娜有这样温暖的时光了。有那么一刻，我甚至感谢这一场意外，让我意识到，应该给予她更多的关爱。

窗外依然大风呼啸。我将食指放在唇边，示意阿尔姗娜安静下来，让她倾听风的声音。她侧耳听了一会儿，然后说：妈

妈，风像狼一样在叫呢。

我又嘘一声，轻声说：再听一下，还有什么声音？

她小兔子一样支起耳朵，而后凑过脑袋来，在我耳边小声道：妈妈，有人在弹琴。

是的，隔壁弹琴的那个人，又开始在阳光下、大风中，起了哀愁。

大风吹出满天涌动的云朵，我的心重新恢复静寂。似乎阿尔姗娜的脸，犹如此刻的天空，明净，光洁，了无尘埃。

等你脸上的疤好了，我带你去自然博物馆。我向她承诺。

真的吗？她的眼睛立刻亮了起来，射出的光芒，连带地将左脸的伤疤都照得更显眼了一些。真的，妈妈不说谎。我再次承诺。去有恐龙的博物馆吗？她满怀着希望追问。是的。我一边答应她，一边将乳液均匀地涂抹在她右侧的脸颊上。擦完后，她就风一样跑去跟爷爷玩。我则关上房门，在她的喊叫声里开始工作。

十几分钟后，她砰砰砰地过来敲我的门，一边敲一边兴奋地喊：妈妈，快看，我的脸好了！你今天就带我去博物馆吧！

我狐疑地打开门，看到阿尔姗娜眼角和鼻子上，两块厚厚的、翘了边但还没有完全脱落的疤，果真没有了，于是那里露出红红的新鲜的皮肉。那肉随着阿尔姗娜狡黠又天真的笑，轻微地抖动着。

满脑子担心擦伤会在她脸上留下疤痕的我，马上意识到，我的承诺，起了反作用。

是不是你自己揭下来的？不是已经告诉你了吗，自己不能碰，否则会留疤的！我气呼呼地训斥她。

她扑闪着大眼睛笑嘻嘻地道：不是我碰的，是它们自己掉下来的，医生说了，不会留疤的。

我看着那张"小怪兽"一样不知忧愁是什么的欢乐的脸，叹口气，又忍不住笑起来：好吧，明天我们去博物馆。

半个月后，阿尔姗娜脸上的疤痕只剩了浅粉色的印迹，新的肌肤正在悄无声息地生长。她重新回到幼儿园。老师们都围过来，热情地问她脸上还疼不疼，她说不疼。她的好朋友赛楞坐在她的身边，好奇地问她：你脸上怎么回事啊？阿尔姗娜

说：我摔倒了。

哦，小孩子的记忆力像鱼一样，只有七秒，明明是赛楞看到阿尔姗娜摔倒后，带着她去找老师的，可是五岁的他却完全忘记了，那道正在逝去的疤痕，是怎么回事。

担待

崔鹤同

"你看,你看!"老伴在我身边轻声而又急切地说着,又用手指顶了顶我的后背。

其实我也早已发现了,而且不止一次了。对门老态龙钟、满头白发的老头,到我隔壁的邻居家把他打麻将的妻子叫回去吃晚饭。而且,他还在旁边站着,等到那几个"砌长城"结束,那女人才起身悠悠地跟着他回家。

那女人小他八岁。也不知中了什么邪,他们会结合在一起。女人一米六左右,身材匀称,短发,面孔白净,一双丹

凤眼,很有灵气。两人活像父女俩。真是"一只馒头搭一块糕"。两人退休在家,儿子成家住在别处。这个女人除了打麻将就是买衣服,三天两头看到她从外面回来,提着一两只服装袋子,笑意盈盈,里面是刚买回来的新衣服。冬天的羽绒服,春秋天的两用衫,夏天的裙子,应有尽有。新衣服买回来在水里漂洗一下,就晾在门口竹竿上,一排花花绿绿的,煞是好看。她自己都忍不住歪着头眯着眼细细欣赏一番,阳光下,她的眼睛里闪烁着自豪幸福的光彩。你别说,她身材苗条,衣服好买,穿在身上挺括服帖,就好像专门为她量身定制的一样。她走出去人模人样的,也仿佛年轻了十岁,风韵犹存。而家里的买汰烧,洗衣服拖地板,里里外外,都是老头子"一手包办"。

"这女人是前辈子修来的福分。"街坊邻居都众口一词,话语里满是羡慕嫉妒恨。

我是后搬来石库门的,又是一楼,天一亮,门一开,各家的动静,尽收眼底。他们这情景我看在眼里也有四年多的光景了。

那是一个早晨,我发现对门那老头没有像往常那样从外面买早点或是拎着一兜菜回来,太阳好高了,也没见他淘米洗菜；也没见那个打扮时髦精致的小女人出来。后来听说昨天半夜那老头脑梗，住进了医院。还好，并无大碍，只是说话含糊不清，右边有些半身不遂。

我在想，这下看那个饭来张口、衣来伸手的小女人，日子咋过？

其实，我是多虑了。

老头病倒了，小女人样样都自己来。一早去买好一天吃的用的，做饭洗衣，整理房间，屋里屋外，头头是道，有条不紊。有时，儿子儿媳来帮忙，她也叫他们早点回去。儿子开着一个公司，杂务缠身。

一天，我听到她和老头子吵起来了，声音很响，完全不像她平时温柔乖巧、小鸟依人的样子。后来，我再细听，原来他叫老头子坐上轮椅到外面活动活动。老头懒，怕苦怕累，躺在床上不想起来。那天，她还特地跑到我家，叫我去帮个忙。一是说服老头子下床坐轮椅，出去遛遛，呼吸呼吸新鲜空气；二是想请我帮忙把老头子拉起来搀扶到轮椅上。

这时，我顺便打量了一下她的家，收拾得干净整洁，一丝不苟，窗明几净，虽然只有一间房，但小巧玲珑，非常温馨，

冰箱上面放着一瓶花，姹紫嫣红，生机盎然。

从那以后，每当晴好天气，她总要推着老头出去转转，到街心公园逛逛，晒晒太阳，看看风景，碰到熟人免不了聊上几句。老头的脸色渐渐红润起来，仿佛又年轻了几岁。

那天晌午，湛蓝的天空，万里无云，风和日丽，枝头雀鸟欢鸣。她又把老头从屋里搀扶出来，慢慢地让他坐到轮椅上。看起来老头的体质比以前强多了，可能是坚持活动锻炼的缘故。

"对，好，就这样，坐好！"她的语气温柔而又坚定，像是一个母亲在训导儿子。这时，他们的角色完全颠了个个儿。

是谁说，爱是担待。对，爱是担待。

你是否欠父母一张电影票

陌陌

不知从什么时候起,看电影成了年轻人的专利,电影院里只见小情侣、闺密,或者年轻父母带着孩子,有谁见过陪父母的?

回头望一望,想一想,我们看的第一场电影是什么名字?很可能忘记了,但是你一定记得,那是父母带我们去看的,那种被疼爱的感觉,依然清晰。

在我小的时候,父母工作很忙,可是即使再忙,只要有好看的电影,他们都会带我和妹妹去看。那时候电影票金贵,

那个等你一起吃饭的人

也不好买,但是一张票允许一个大人带一个孩子,所以啊,两张电影票,就可以一家四口去看。我和妹妹分别坐在父母的腿上,刚开演的时候我很兴奋,一眼不眨地盯着大屏幕,看着看着,不知道什么时候,我就躺在父母的怀里睡着了。而妹妹怕黑,从电影开始就有点闹,父母只好轮流抱着她到门口光亮处,所以一部电影演下来,父母谁也看不全。电影结束后天已经黑了,我和妹妹趴在父母的背上,似睡非睡,我总能听见他俩把各自看到的片段说给对方听,然后才组合成一部完整的电影来。

时间如溪水一样,悄悄从身边流过,而每次想起小时候与电影有关的似水流年,记忆中叮咚的流水之声就格外动听。

我在心里悄悄地问了一下自己,有多久没和父母看电影了?快二十年了吧!自从有了自己的家庭,感觉都忘了和父母看电影或者一起做其他事情的快乐,有时候不是不想陪,而是他们节俭了一辈子,嫌电影票贵,不愿意花那冤枉钱,或者觉得电影不好看。

真实的情况却是我总借口工作太忙,在创业期,忽略了父母,认为只要父母健康就是幸福的。小时候上学,算术题是必须完成的作业和考试，我们计算着1+1=2，一点点长大了。工作后，我们计算着收入、开销。成家了，算计的更多了，有多少钱养家糊口，有多少钱买房买车，有多少钱能为孩子找个好学校，唯独没有算过，我们还有多少时间陪父母。

今天的父母慢慢变老了，而我们是否应该放下手机，牵着父母的手去看一场久违的电影？像他们当年陪我们那样，可以说说笑笑，可以闲谈私语，可以躺在他们身上，不拘谨，不用顾忌旁人，在他们面前肆无忌惮地撒娇卖萌。

你养我长大，我陪你变老。只有褪去青涩，洗净生活的铅华，才会懂得感恩，懂得付出和珍惜。平时在我们身边不停唠唠叨叨的父母，也许也不能坚持看完一场电影，待他们昏昏欲睡的时候，我们的肩膀当让他们靠一靠，让父母感受被孝心包围的幸福。

家里饭

张金刚

知悉我在北京,好友功哥热情约饭。说是好友,缘于投缘,几次合作后交集并不多;小我数岁,却称功哥,缘于他的热情豪爽。我正纠结于他的"来家里吃饭"会不会过于打扰,他又补充:"自己人才会受邀吃'家里饭',添双筷子的事儿!"我感动着并欣然赴约。

寒冷冬日,进门便是扑面的家的温暖与浓郁的火锅香味,还有功哥小两口儿略带调侃的寒暄。电视时为谈资时为背景地开着,不时浏览照片墙。片刻,清淡的火锅底料欢快翻涌,热气直冲餐灯；豆腐、土豆、萝卜、菠菜、白菜、香菇、金针菇、羊肉卷，再配麻酱、香葱、韭菜花调和的蘸料，陆续围着火锅摆了满桌；还有半瓶汾酒调节气氛。

这感觉，久违了。天南地北、家长里短、人生感悟，全都就着火热称意地一筷筷、一杯杯畅快下肚儿。临行，功哥硬是塞给我一只手提袋，装了火龙果、柿子、梨与我分享。偌大且陌生的北京城，能吃上一顿家里饭，我认这个兄弟。

家里饭，总是那样让人心生温暖。卸下一切，不必端着，装着，应酬着。此刻，只关乎情谊，关乎吃饭，关乎桌前的你我，走入对方的私密空间和私生活，心近情深。随着时光渐老，愈发不爱在外面吃饭，甚是迷恋那一口充满人情味的家里饭。

当年相亲，只第一面，未来丈母娘便留我在家吃饭。我意欲请客下馆子，她却说："就家里吃，外面花钱不说，还不干净。"我洗洗手，如她家一员地择韭菜、包饺子、洗菜端菜，略显拘谨地与未来妻子做了吃了第一顿家里饭。

妻子后来悄悄说："其实家里吃饭是在'考察'你。当然，吃饺子也是有讲究的，意思是我家同意，'捏在一起'。"听后，我欣

那个一起等你吃饭的人

然一笑。以至于，韭菜鸡蛋馅儿水饺成了我家每个重要纪念日的必备主食，近二十年未曾变过，包进饺子的是我俩美好的回忆和平淡的日子。

或许，真的只有在家里吃饭才能体现那份真情。那日陪妻子回她儿时的老家，虽然老院已破败，可那株老梨树却依旧翠绿，结了满树梨子。邻居大爷已九十多，看到曾经的小丫头回来，拄着棍子，颤颤巍巍笑呵呵迎过来，非要拽到家里吃饭。

我们说："去村里饭馆随便吃点儿就好。"大爷似是玩笑似是生气地嗔怪："那到大爷家随便吃点儿不行？嫌饭不好呀？小时候，这丫头可是常趴我家饭桌呢！"我和妻子对视一笑，只好乖乖搡着大爷回家。

大爷的儿媳、孙女忙着煮粽子，妻子赶忙搭把手，我陪大爷聊天。花团锦簇的小院，支起餐桌，大瓷碗盛上杂粮粥，搭配大缸腌制的萝卜咸菜，还有香葱拌豆腐，土豆、粉条、豆角、腊肉烩菜；主角粽子料很足，江米糯，红枣甜，豆子面，还撒了白糖、蜂蜜。这饭虽朴素家常，却极对胃口，如在梦里老家。妻子说："当年爸妈忙，我常守在大爷家灶前，闻着粽子香味等着揭锅，馋得口水直流。"我们笑着，她却眼圈泛红。

　　一顿家里饭总能勾起心底万般情愫。若一有空闲，我便要回到农村吃顿家里饭。土生土长的食材搭配最朴素的烹饪手法，做出的味道最地道、最烟火，漂泊的身心倏地找到了来处和皈依，初心的根似乎又向地里深扎了几分，扎得更深更牢。

母亲的梦

孟祥菊

傍晚时分,我正在灯下改一篇文稿,母亲的电话很突兀地打了过来。隔着听筒,母亲用沙哑的嗓音告诉我,饭后打盹儿时她梦到我了,说我穿得很喜庆,和小顺(丈夫的乳名)同去参加一个什么聚会。可不知啥原因,我的腿疾突然犯了,立时不能走路,被众人抬回家里。起初,公婆和小顺将我围在当中,忙前忙后为给我端水喂药,可眨眼的工夫众人便没了踪影,只剩我一人痛苦地呻吟着。母亲见状,气呼呼地破门而入,不由分说背上我就往医院走。可母亲人小体弱,没走几步就摔倒了，急得大哭起来，人便醒了……母亲讲到这里，忽然压低声音问了一句："菊啊，你的腿病真的没犯？小顺平时工作太忙，家里的事情分担少，你可要好好照顾自己！"听到这里，我眼圈一红，娇嗔地回道："妈，今年夏天雨水调匀，天气不热，我的风湿病一直没犯。月初，小顺新买了一台烤灯，隔三岔五就帮我烤电，舒服着呢！小顺还说月底给您也买一台呢，用着方便。"母亲听后，推辞几句，便讪讪撂下电话。此刻的我，早已泪湿两腮。

最近几年，母亲年岁大了，睡眠一直不好，常爱做梦。每次梦醒后，她都趁我白日里"煲电话粥"的时机，喋喋不休地将梦中情形说给我听。其实，母亲的梦里向来没啥大事，除了街坊邻居之间的日常琐碎，便是亲朋故友礼尚往来的红白事情，桩桩件件五花八门。可自打两年前我患上风湿性腿病的那刻起，母亲便常会梦到我，而且频率越来越高，尤其是她身体不舒服的时候更多。其实，我当然知道，母亲"梦"里的故事有相当一部分是她刻意杜撰出来的，但有什么关系呢，只要母亲喜欢，凡事皆由她。

母亲还有个特点，每次梦到我，无论梦境好坏，她都会

在电话里认真求证一番,有时干脆派老实的父亲进城走一趟,单为见证一下我的真实状况。去年入秋的某个周日,天刚蒙蒙亮,父亲就搭着进城送菜的便车赶到我家。进门后,父亲来不及与我搭讪,便认真地将我浑身上下瞧了个遍,待发现我并无异样后,才释然地笑了,随后从褶皱的蛇皮袋里拿出早熟的毛豆、花生等,说是母亲特意一粒粒摘取的,为的是让我尝尝鲜儿。父亲性格憨实,不会说谎,他的笨拙举动引起我的怀疑,在我的追问下,父亲终于如实说出了事情的真相。原来母亲昨夜睡觉时魇住了,她梦到我在上班的路上被汽车剐了一下,腿部擦伤,脸颊也挂了花。母亲素知我是个"报喜不报忧"的闷葫芦,便直接打发父亲进城来瞧瞧,顺道捎些吃的过来。我听后不自然地笑笑,偷抹了一下眼睛,随后走进厨房,忙着去给父亲准备早餐……

　　入夜闲读,被作家三毛的一段文字所吸引。三毛的丈夫荷西去世后,母亲不顾年迈,每日里精心照管着她的起居。某日三毛外出办事,途中见到母亲身背重物踽踽独行的样子,她走到近前打算相助,却被母亲固执地拒绝了,原因很简单,母亲担心脊椎不好的三毛会加重病情。此事过后,三毛自责不已,忏悔地将其写入文章："我知道,只要我活着一天,她便不肯委屈我一秒。"读到此处,我的眼前旋即荡起一层水雾。蓦然晓得,全天下的母亲大多如此吧,但凡有一丝一毫的力气,都会把母爱的职责坚守到底。便如我的母亲,她虽然年老体衰,不能帮我肩担背扛,却依然懂得借助虚虚实实的梦境,护我周全,佑我安好。

外公的花"语"

马海霞

20世纪80年代,小小的我电视剧看多了,便开始抱怨原生家庭的不好,还做起了白日梦,希望自己是家里捡来的孩子,总有一天有钱的亲爸亲妈会来找我,带我摆脱苦日子。可我和我妈长得实在太像了,被抱养的可能性压根儿没有。

我这个白日梦只跟邻居二丫说过,因为这个话题是二丫挑起的,她先说她父母如何不好,感觉自己不是亲生的,如果让她选择,她一定不会选择农村,要选择生在大城市的有钱人家,父母都有文化,有体面的工作,给她买一堆漂亮衣服,暑假可以去少年宫学舞蹈，过上电视剧里城市孩子的幸福生活。当然，我也顺着她的话说了我的想法，万万没想到，二丫回家便把我"出卖"了，把我的白日梦告诉了她母亲。

结果呢，二丫母亲当玩笑话讲给了四邻听，两顿饭的工夫，这话便传遍了半座村庄，当然也传到了住同村的外公耳朵里了。那年，我九岁，小小年纪先体会到了"社死"的滋味。

母亲忙地里的活儿，没空管我这些"破"想法，她听说我盼着"亲生爸妈"来找，只丢给我一句话："好事呀，赶紧把你领走，顺便把这几年的抚养费给我留下，我不能白养了你这么多年。"

外公听说这事后，笑着安慰我："盼着过好日子，没啥丢人的，再说啦，肯定是你娘有做得不好的地方，否则俺娃也不会觉得自己不是亲生的。"

那日，外公领我去山上玩，路过一片杂石堆，他指着石缝里探出的一朵小野花说："看，漂亮不？"还真是漂亮，虽然只有一朵小花，花瓣还是单瓣的，颜色也是寻常的淡粉，生长环境也乱糟糟的，但就是觉得它漂亮，甚至有点惊艳。

跟着外公继续往山里走，外公在一堆杂草里，又发现了

几朵盛开的小野花，一朵白、一朵黄，像两个小仙女飘落凡尘，淡雅又灵动。还不等外公问我"漂亮不"，我先抢着感叹："真好看呀。"

外公说："花儿开在哪里，都好看。而且开在乱石中、杂草里甚至废墟上的花，比花盆里的花，感觉更好看些呢，因为它们生命力旺盛，不娇贵。"

外公跟我讲起了他曾经教过的学生，有一个学生，上学时家里非常贫寒，他每天中午放学时走得最晚，但下午上课来得最早，外公问他，中午吃饭了没？他回："吃了凉面，我回家时，俺娘便做好了凉面，我一口气吃了两大碗，吃完便回来了。"

一天，外公悄悄跟踪他，发现这孩子中午放学没回家吃饭，而是在学校附近的玉米地里寻乌米吃，外公没有惊动他。但第二天，外公把自己的午饭故意剩下一半儿，匀给这个孩子吃。后来这个孩子考上了大学，成了一名优秀的工程师。

外公还讲了另外一个学生，这个学生的父亲因盗窃服刑，但这个学生忠厚老实，乐于助人，同学们都很喜欢他。他初中毕业后学了泥瓦匠，谁家有活儿，招呼一声，他都去义务帮忙。外公自豪地说："我每次去他村里，老乡们听说他是我的学生，都要当着我的面夸奖他。"

外公感慨："人和花一样，同样的一朵花儿，艰难环境下盛开的，要比温室花盆里盛开的，好看许多呢。"

外公不愧是当老师的，面对我的虚荣心，他没有正面说教，而是通过游山玩水，告诉我做人要学花儿，不择花盆，长在哪里，便在哪里欢欢喜喜生长，努力开出最美的样子。人如野花一般，只要有颗积极向上的心，周遭环境越恶劣，越能赋予花儿诗意和力量。

欠姥爷一碗牛肉拉面

李柏林

小的时候，每逢节假日，我都吵着要去姥爷家，姥爷便骑着他那辆破旧的二八自行车来接我。

村里有的孩子，帮家里人拾柴火，陪家里人去菜地，帮家里人择菜。而我什么都不用做，我刚想进厨房，便被姥爷赶了出来，说厨房呛人，让我走远点。

我就坐在院子里，拿着小板凳玩着骑大马的游戏，看着炊烟往上飘。吃过午饭后，我跟着弟弟，拿着蚯蚓去钓龙虾。姥爷见我们喜欢吃虾，专门买了网子，去网龙虾。

有时候一晚上可以网很多，吃不完的拿到镇上去卖，可是卖过的钱，又换成零食，然后以另外一种方式，回到我们的肚子里。

有一次，姥爷回来对我们说，镇上开了一家辣子面馆，听说里面还有牛肉。以我和弟弟的阅历，瞬间笑话起了姥爷，那不叫辣子面，那叫牛肉拉面。

那个时候，我们对于牛肉面的记忆，还停留在方便面的印象里。在农村，牛都是用来耕田的，根本没有人愿意去吃牛肉。我和弟弟听到这个消息后开始嚷着想吃牛肉拉面，于是姥爷开始计划着，说等小龙虾卖了钱，就带我们去吃牛肉拉面。

去吃拉面的头一天晚上，姥爷让我们早点睡，因为村子离镇上几十里，骑车要两个小时，我们需要早起。可那晚，我却激动得睡不着。

第二天早晨五点钟姥姥就起床了，给姥爷下了挂面，我们在旁边跳来跳去，嘲笑他傻，马上就要去吃拉面了，吃什么挂面啊，吃饱了怎么吃好吃的。可是姥爷说，外面的东西不干净，都是佐料，才不爱吃那些东西呢。

因为害怕回程的时候天太热，我们六点钟就出发了。弟

那个等你的一人一起吃饭

弟坐在前面的大杠上，我坐在后面。清晨的路上，布谷鸟一直在叫，像我欢快的心情。路边的喇叭花开得正旺，我和弟弟特别兴奋，我们终于要吃到梦寐以求的拉面了，催促着姥爷快一点。那辆自行车有节奏地发着咯吱咯吱的声音，在乡间的小路上飞驰着。

我们过了桥，以最快的速度上坡、下坡，就这样，那天我们只用了一个半小时就来到了牛肉拉面馆，一人要了一份大碗的牛肉拉面。

因为是镇上的第一家拉面馆，即使贵，人也很多，大家都想尝尝鲜。况且镇上的人，经济条件可比我们这村里的好多了。那个时候我甚至认为，这家牛肉拉面馆，就是我们当地的招牌。

我们看着老板拉着面，还一惊一乍地说：他的面为什么不断呢？为什么可以拉那么细呢？我们用言语来掩盖当时焦急的心。旁边客人吃拉面的吸溜声，快把我的魂都勾走了，我的视线，一直都没有离开老板的手。甚至老板娘每一次端拉面碗，我都以为她是送给我的。

终于到了我们，我甚至觉得那是我忍耐的极限了，我和弟弟忙吸溜一口，觉得那真是人间美味。我问姥爷吃不吃，他在旁边坐着，说了一句："不就是面条，哪里有家里的手擀面好吃？不吃不吃。"那个时候，我觉得大人嘴里的不爱吃就是不好吃，他们天生只喜欢吃那些菜园里的蔬菜瓜果。

然后我们也不问了，便埋头大吃起来，我到现在还记得那个大海碗，上面飘着的两片牛肉，虽然很少，但我还是细嚼慢咽，像吃唐僧肉一样。

吃完牛肉拉面，我们又要赶着回去了，因为临近晌午的太阳，肯定会把我们三个给烤化的。

我们又跨上那辆破旧的自行车，路上，喇叭花开始无精打采，我听见蝉鸣，好像在提醒我们赶快回家，太阳马上就要抓住我们了。

吃完牛肉拉面的我们，仿佛更加兴奋了，我们用学过的最好的词语来夸赞那家拉面馆。我们也仿佛觉得拉面发挥了作用，在每一个上坡帮姥爷推车，我们只是轻轻用力，车便到达了坡顶。

我们舔舔嘴唇，觉得还残留着牛肉拉面的味道，嘴也像抹了蜜一样说着好话。弟弟说："我长大后，让姥爷天天吃

肉。"我马上说："等我长大了,我要请姥爷吃最豪华的牛肉拉面。"

我回去的第一件事,就是凑到姥姥面前问："你闻闻我的嘴香不香?这就是拉面的味道。等我长大,我要请姥爷吃拉面。"姥爷还在旁边笑着说："那我可要等着,你欠我一顿牛肉拉面。"

后来因为求学,我去了外地,暑假也忙着实习,去姥爷家的次数屈指可数。童年时说的话,往心上一压,就是很多年。而姥爷身体也渐渐不好,无法再骑着自行车独自过桥、上坡、下坡,他去镇上的次数也越来越少。

我毕业的那年暑假,刚找到工作,母亲就给我打电话,说姥爷病重。我赶忙买了车票回了老家,却还是没能见上姥爷最后一面。我跪在地上哭泣,我欠姥爷的那碗拉面,将无法兑现了。

后来我们家也从村里搬到了镇上。小镇变得越来越繁荣,不仅开了拉面店,还开了汉堡店、奶茶店、烧烤店……这些都是姥爷生前没有见过的东西。而那个拉面馆已经有二十年的历史了,如今看来又低矮又破旧。它与旁边那些漂亮的招牌格格不入，熏黑的墙面，破旧的木招牌，也仿佛经历了太多风霜。只是因为老顾客比较多，在强撑着。可是，曾经的我却觉得，能进来吃一碗拉面的人是多么时髦呀。

只有姥爷的村庄，桥还是那座桥，上坡还是上坡，下坡还是下坡，只是铺了水泥路。因为桥面太窄的原因，所以那里至今没有通车。村子还是曾经的样子，低矮歪斜的土墙，长满青苔的墙角，和我的记忆中一模一样。她好像把我的童年彻底留住了，我还记得，小的时候，翻过的砖头在哪里，摘过的枣树在哪里。

它留住的，还有我对姥爷的诺言，像是冻结在了那个村庄里、那段记忆里。"等我长大了，我要请你吃一碗最豪华的牛肉拉面。"当时他答应得那么爽快，可是我现在喊他，他却不应声了。上天作证，我当时说出这句话的时候，诚诚恳恳，没有欺骗，那是一个孩子最单纯的许诺。

可是如今，这无法兑现的诺言，是因为村子的路太崎岖，他不愿再去蹬自行车了，还是因为他觉得，我还没有长大？

我的童年，你的手心

包利民

那个年代，特别是农村，每家都有很多孩子。我家算是最少的，只有三个。大姐比我大五岁，沉静内向，除了几个亲戚家，一般不去别处；二姐比我大三岁，活泼开朗，村里很多人家都曾留下过她的笑声。

二姐经常带我出去玩儿，牵着我的手，我在那只手的温暖里，走过那些布满牛羊蹄痕的土路，走进每一户人家。在我懵懵懂懂的记忆中，有一次，二姐带我去野外玩儿，一起的有好多女孩，大多领着一个小弟弟。在村南的一段土路旁，是一丛丛很矮很密的树，我们便分别占领了一丛树，枝叶底下干爽而凉快，夏天的风和阳光纷纷从枝叶的缝隙间漏下来。我们坐在那儿，便成了一个个小小的家。

不远处的地面上，形成了许多很规则的裂纹，把地皮分割成大小差不多的小方块儿。我们便去挖那些小方块，作为"家"里的"食物"。当我拿着挖来的"食物"回"家"时，走进树底，却发现是一个不认识的女孩也带着一个小弟弟，便一下慌了。那女孩笑着说："哟！来我家串门了？还带好吃的来了？"我站在那儿不知所措。因为每一"家"都差不多，我稀里糊涂地走错了家门。这时候，二姐找来了，她站在那儿叫了我一声，便看着我笑，那个女孩也笑。我赶紧跑到二姐身边，二姐拉着我的手往回走，那一刻，感觉很温暖很安全。

可能三四岁的时候，有一次生病，村里的医生给我打针，却扎到了坐骨神经，导致我好几个月不能走路。于是二姐就背着我，在她的背上，我看到她的脖子上都是汗水。后来二姐便牵着我的手，让我锻炼着走，一小步一小步，慢慢地走过那些熟悉的地方，慢慢地走过童年的岁月。当时很多人都为我庆幸，说是扎到了坐骨神经，一般是要瘫痪的，而我，却自己恢

复了过来。很多年以后,我回想,觉得如果没有二姐那只手的温度,我可能不会恢复得那么快。

二姐从不打我,我耍脾气,气得她直哭,她顶多是不理我。有时候气急了,她便自己出去玩儿。可是用不上半天时间,她就又拉起我的手,去找她那些伙伴。当我闯了什么祸,或者惹得爸爸妈妈发怒,爸爸妈妈打我的时候,二姐都是拼命拉着,用身子护着我,为此,她挨了不少打。即使我很大了以后,有时候妈妈打我,她依然保护着我。

五六岁的时候,我对学习开始感兴趣,二姐就不厌其烦地教我,还带着我去别人家借书看。渐渐地,我就长大了些,也上了学,就不再让二姐带着,自己跑出去玩儿。偶尔看到一些女孩牵着弟弟的手在走,眼神就会飘忽一下,心里就会温暖一下。更大些的时候,我也和伙伴们一起走东家串西家,有时候会遇见二姐,便很想念曾经的那些时光。所有的童年过往,我的手都是躺在二姐的手心里,在那份暖暖的关爱里,走过的岁月便也有了让我一生眷恋的温度。

多想再让二姐牵一次我的手,可是,已成少年的我,很不好意思再跟着二姐去玩儿。虽然松开了二姐的手,可是留在心底的感动和回味，却是如脚下的路那般长。我的童年是在姐姐的手心里度过，所以，那么多朴素清贫的岁月，都成为我一生的流连。有姐姐的男孩是幸福的，那是和妈妈完全不同的一种情感、一种情怀，不管隔着多少时间的迷雾，那份温暖都会在，所以，有姐姐的男人也是幸福的。

如今已人到中年，和亲人们天南地北，偶尔的相聚，共同回忆那些遥远的旧时光，我们都笑，笑得眼睛和心都濡湿了。

如果笑容可以化作光,
我的天空一定万里无云,
偶尔晴转小雨,湿润一下空气。

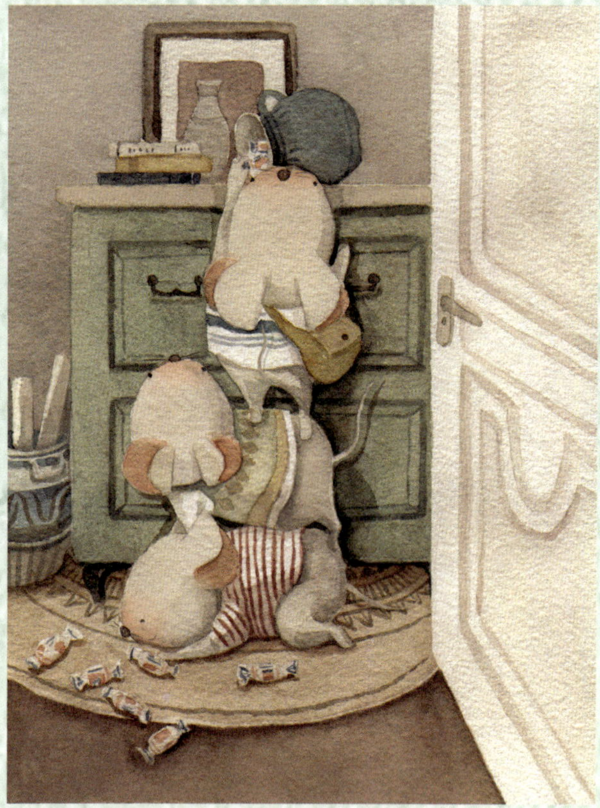

小时候妈妈和我最是心有灵犀，我总能准确无误地找到妈妈四处隐藏的糖果基地，妈妈总是不费吹灰之力找到我藏匿的『犯罪证据』。

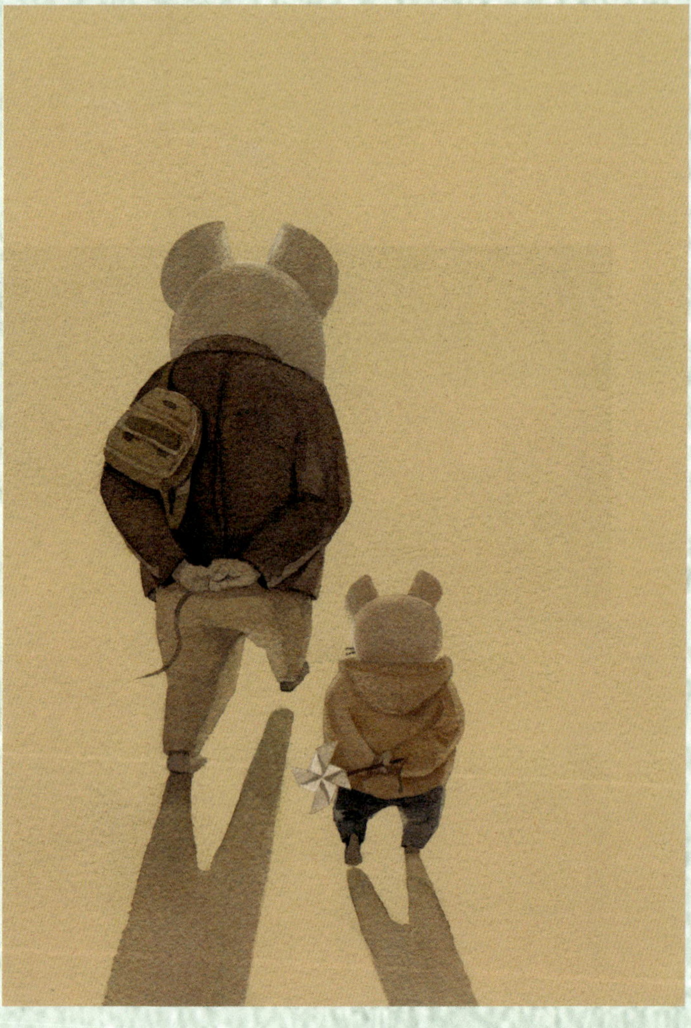

最想回到的那些年，放学的路上我在后你在前，努力学着你的样子，直至并肩。

小时候觉得我的爸爸全世界最高大,除了酒谁都休想让他倒下。

窗口透过淡淡日光,房间镀上一层暖黄,笔尖轻落沙沙作响,锅里滋滋饭香,爸爸忙碌的叮叮咣咣是日日奏起的生活乐章。

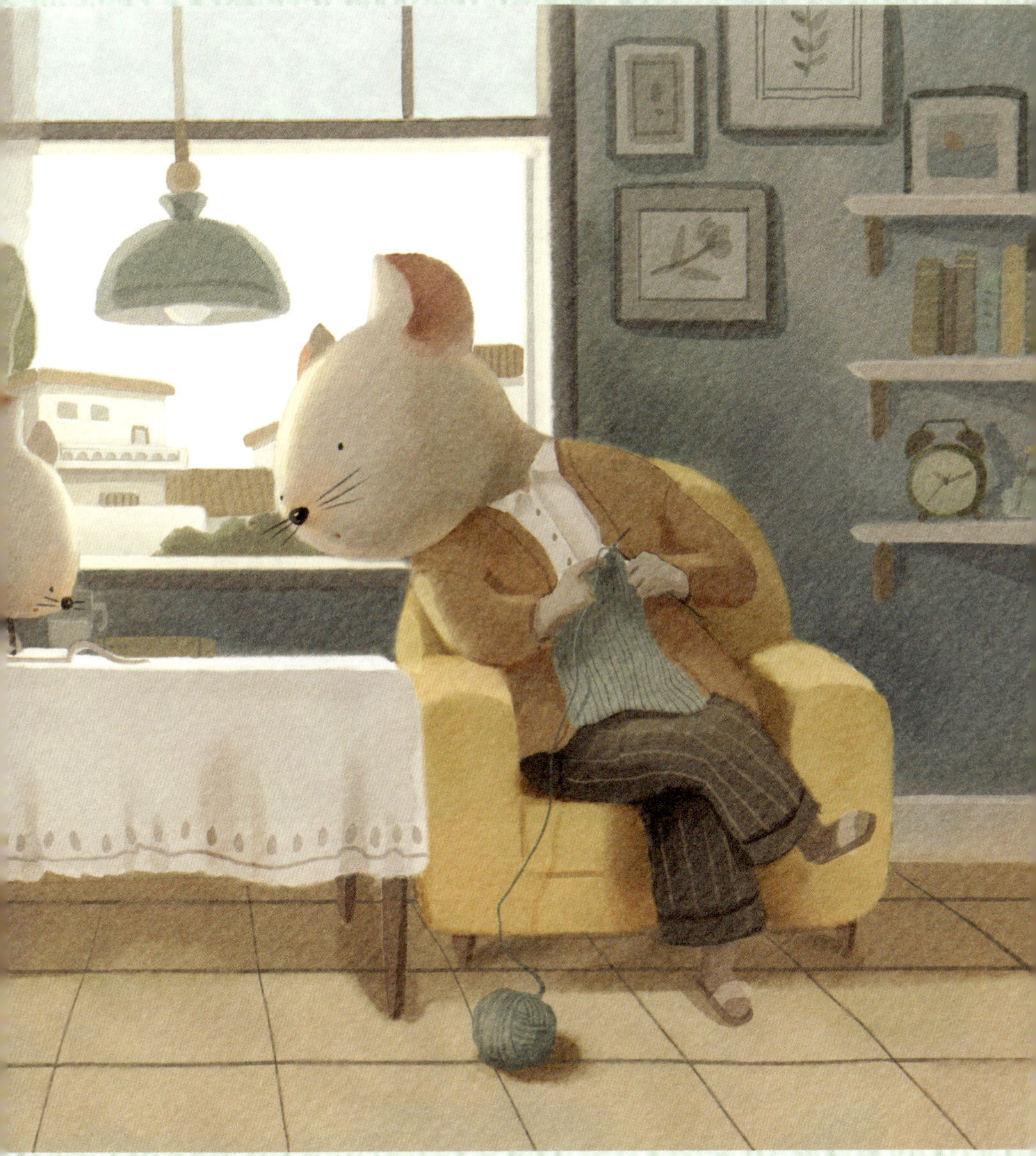

找个阳光充足的地方，
感受从指缝溜走的暖阳，
心安理得虚度时光。

胃会比心更先想家

何夕

翻着微信朋友圈的动态，看到朋友发的长串文字："好想回家，想我妈做的打卤面、洋槐花琼馍、黄焖鸡、碎面、饺子……"那些带着省略号的文字略带撒娇和俏皮，让我不禁也想起母亲做的美食。

在家乡的小城工作的时候，每逢周末我总喜欢回家，因为只要回家，母亲总会为我安排上不同的美食，在城市里吃腻了一个人的孤独快餐后，回家的我无论吃什么都会感觉另有一番别样的温情。我一度怀疑母亲每次在我要回家时就提前在脑子里列好了食谱，所以才能在我一回到家后就开始炮制各种好吃的，以至于养馋了我的嘴，惯刁了我的胃，让我不管走到哪里，都惦记着她做的食物。

比如我不爱吃肉，唯独排骨还算喜欢，于是每次回家母亲总要为我做一顿排骨大餐。那些排骨是她提前买好冻在冰箱里的，等我一回家，它们会在周六的清晨准时走出冰箱。饭点前，母亲总是将提前解冻的排骨焯水，除去肉的血腥味儿，油锅里化入几颗冰糖，"刺啦"一声，排骨下锅，它们在高温的油锅里欢快地跳着时髦的霹雳舞，母亲则像是一位饱经沧桑的顶级大厨，挥舞着勺子烹饪着锅中奔腾的排骨……等到排骨出锅，好大一盘，它们热气腾腾地坐在餐桌上冲我露出迷人的微笑，母亲总是恨不得将我没在家吃的肉全部补回来，将汁多肉厚的尽数挑进我的碗里，很快，我的碗就会变成一座小小的山丘，碗底是饭，而饭上覆盖着的，则是裹着肉香的母爱。

晚餐，不用问，母亲也是知道的，我一定要吃一碗手擀面。于是，她早早地就和好面，等到太阳偏西便开始忙碌。她熟练地炒上一个茄子，再在小院里拔出来几棵特意为我而种的小油菜，挑净淘洗切成小段。然后将擀得薄厚适宜的面切成粗

那个等你一起吃饭的人

细一致长短均匀的面条，面条煮熟将备菜全部放进去，搅拌均匀，调好佐料，妈妈味的茄子面条便诞生了。一碗下肚，胃就暖了起来，那是我回家最大的快乐与知足。

到第二天离家，母亲又开始张罗我临行前的吃食，有时候是早起准备的饺子，有时候是烫面油饼，还有时候会是韭菜合子。她将那些菜园里一棵棵栽植起来的韭菜割来切碎，加上家里的土鸡蛋和成馅儿，包进饺子皮里，就成了韭菜鸡蛋馅儿饺子。若是将面烫熟，韭菜切成小段和鸡蛋一拌，包进醒好的面剂子里拿电饼铛一烙，香气四溢的韭菜合子就做好了。当然，不包馅儿的烫面擀圆了丢进油锅炸出来，酥得掉渣儿的烫面油饼便出锅了。一种食材，母亲却总能做出来不同的美食，我像只馋嘴的猫儿，吃得兴高采烈，母亲脸上的皱纹乐开了花。

如今在异乡上班，每逢假期，每每通话，母亲总要问问我是不是回家，微信里更是时不时传来她录制的美食视频，她期待我回去的心情不言而喻，而我给她的却总是不确定的答案："还说不定呢，应该是要回的！"

每逢我旧疾发作生上一场病，口腔溃疡加扁桃体发炎，难受得说不出话，吃药输液都不见好，连吃饭都没了胃口，饥肠辘辘的我便惦记起母亲的凉茶来。在家的时候每逢我不舒服,她总会为我做上一杯"妈妈牌"自制凉茶,那堪比中药的凉茶像被母亲施了魔力,喝上一碗,症状总会缓解不少。在离家的远方疼痛牵制着我的每一根神经,喝一口水,吃一口菜都无比艰难,我拖着个腮帮子惆怅地在朋友面前念叨:"好想回家啊,想我妈妈做的面,如果能吃到她蒸的软软的榆钱,喝一碗她做的凉茶就好了!"

朋友则在旁笑我:"还说自己不想家,你的胃可比心实诚多了!"

我一愣,是啊,我嘴上口口声声说着不想家,可胃却比我的心实诚多了,它用对食物的想念做出了最真实的反应,异乡的食物没有母亲的味道,生病的时候更没有一碗妈妈味的凉茶。原来,我这被母亲养的刁蛮而任性的胃啊,它比心实诚得多,总是会比心更先想家。

时光易老,
深情不负

奶奶的偏心事

钱永广

记忆中,奶奶总是和蔼可亲,对待每个孙辈,她总是怜爱有加。奶奶在97岁时无疾而终,让我伤心不已。作为孙辈,在她去世后,我们才发现奶奶的偏心事真的不少。

我小的时候,由于兄弟姐妹多,父母要养一家七口人,我们兄弟姐妹五人自然是吃不饱肚子。

那一年,叔叔从县城买回一台黑白电视机。那可是全村第一台电视机,每到晚上,全村的人吃过晚饭后,都会围拢过来看电视。我那时上初中,正为备战中考而忙碌。那天晚上,我在家里做作业时，听见叔叔家又是聚集了全村的人在看《霍元甲》，那可是我最仰慕的武打片啊。可我的作业那么多，内心不禁焦急万分。可越急，那道数学题越是解不开，我不禁伤心不已。

正当我万分焦急时，门忽然被打开了，奶奶悄悄地走到我身后，柔声地说："这孩子真用功，将来定能考上好大学，有这样的孙子，也是奶奶上辈修来的福分！好孙子，歇会儿，千万别告诉别人，我带你去喝一碗桂圆汤，再回来做作业！"说完，便拉着我的手来到奶奶家，给我盛了满满一大碗桂圆汤。

喝了桂圆汤后，奶奶再次叮嘱我，千万不要将喝桂圆汤的事告诉任何人，因为奶奶的桂圆很少，之所以给我喝，是因为我很聪明，学习肯用功，所以奶奶才会奖赏我！

听了奶奶的话，再回到家做作业时，尽管叔叔家围拢了一群兴高采烈的人在看电视，可我的心，渐渐安定下来，虽然夜晚那么冷，但因为喝了奶奶的桂圆汤，我感到浑身温暖了许多，仿佛全身充满了力量，所有的作业难题，就这样一一被我解决了。

后来，我上了高中，奶奶依然对我偏爱有加。那时，记得

时光易老,深情不负

我每个周末从学校回家,奶奶总会问我学校的一些情况,最后奶奶总会从口袋里掏出十元钱,硬塞到我手里,说:"我有几个孙子,就数你这个孙子最争气,来,这是奶奶奖励给你的,将来一定要给奶奶争口气,考个好大学。"从奶奶手中拿过钱时,我就知道,我一定要为奶奶争气。我也会在父母面前沾沾自喜,告诉父母,奶奶最爱的孙子就是我。

再后来,我上大学,更没少得到奶奶的夸奖,直到我走上工作岗位,奶奶仍然对我偏爱有加。可奶奶过世后,我们几个孙辈聚在一起谈论奶奶故事的时候,大哥说,如果不是奶奶对他特别偏爱,半夜把他叫去喝桂圆汤,小时候他哪里会想到要好好学习,哪里会想到将来要报答奶奶!正是因为奶奶对他期待的眼神,他才刻苦努力,有了今天令人羡慕的工作。

想不到,大哥也曾喝过奶奶的桂圆汤。经大哥这么一说,我们这几个孙辈,都把自己去喝过奶奶桂圆汤的事,给抖了出来。那一天,对着奶奶的遗像,我看见奶奶的笑容是那么慈祥而温暖。我忽然明白,原来,奶奶在爱孙辈方面,真是演了一场"好戏",她是以各个出击的方式,用一碗桂圆汤,激发了我们对改变命运的渴望,并在漫漫人生中,一再温暖着我们的心灵。

奶奶虽然去世了,但作为孙辈,我们每个人都相信,奶奶在爱我们的时候,从来没有偏心,只是她的爱,激励了我们小时候一颗上进的心,现在只要想起奶奶曾经被我们认为的偏心事,我们依然会充满温暖和力量。

您认识我吗

张亚凌

您是我的父亲，可是我又何尝认识您？我的父亲。

那个从宁夏贺兰山下跑回陕西朝邑黄河滩的小青年，全家搬迁后仅仅因为自己不喜欢，就带上打气筒跨上自行车，骑行近两千里，独自回到自己认定的家乡。

我无法想象，一个小青年，只因不喜欢就断然离开，哪怕相隔两千里，哪怕独自一人，哪怕前路未知。这个小青年性格中的倔强和固执是我所没有的，我遇事宁愿委屈自己，还怕换不来苟全。

十年后，这个小青年将引领我来到这个世界并成为我的父亲。耳濡目染几十年，我终究没有他行事的气魄，自然无法体会到他激荡的内心，当然不可能理解他。不理解还说认识，那就不是太勉强而是瞎扯淡了。

这个小青年第二次迁至合阳。据说初来乍到的他，年轻气盛脾气火暴，自己不挑衅，但绝不拒绝与人发生冲突，斗嘴动手都行。凡事都要也能占上风，便留下了不好惹的名声。

我当然不能想象一个对自己的疯野丫头不笑不开口，从没高声过一下的人，怎会不好相处。后来听别的长辈们说，这里的人欺生，干什么总吃亏，不那样就会被当地人当软柿子捏。也是，看看那几户跟我们一起来的，直到我懂事，他们几家在村里还挺不直腰板，说话不硬气，而我的父亲已反客为主成为队长兼会计。

只是我无法接受，好好的一个人，非得先以"恶"来站稳脚跟吗？我不接受，也不会以那种方式处事，又怎能打心底里感受他理解他？而今忆起，都是他处事的温润，与人的和善。

一个人在陌生又险恶的环境中，为了身后的家人，被迫努力表现出凶与狠，对自己该是多大的伤害？年幼时的我不接

受，年轻时的我没空想，现在才明白，有意义吗？说破天，他健在时我还是没读懂他！

我只知道：

1980年前后，我家是村里第一个万元户，也是第一个盖起楼板房的；我从小到大没吃过粗粮，没穿过粗布衣服；四十年前，我拿着五块钱让回村的大学生教我学英语，为上初中做准备；三十年前，别人上不起学，我却有富余的钱财资助同学……

我却不知道这超乎别家的富裕从何而来，不知道父亲三更半夜的辛苦，不知道父亲在砖瓦窑干活儿时，被爆炸的气流抛到沟边树杈上，耳朵被震得几乎失聪带来的不方便，不知道父亲走南闯北做生意也被坑过的酸楚……当五叔说给我时，父亲已变成了一张照片。

父亲经过的难、吃过的苦、受过的伤，我都不知道。我都不曾与他促膝长谈啊，那些经历会不会化作苦水淤积在心头直到他离开？

我只享受着父亲带来的好，却不曾体会到他的付出，哪里能算走进他的内心，真正了解他？不了解，哪能谈认识？

生我养我的父亲，直到转身，我都不认识他。父亲在世时我顶撞他，走后又无比懊恼，我连自己都不认识，又敢妄说认识谁？

今晨早起读书，读到别人与自己的父亲，想到今日是您走后的第五十日，当去您的坟前烧纸的，我却滞留于他乡，不禁悲从心底起。提笔记下凌乱的思绪，以此怀念父亲。

只有背影的人

曹春雷

春节后朋友回到大城市，辞掉了那里的工作，又返回小城来。由于暂时没找到合适的工作，先送外卖。我问他为什么肯舍弃了大城市的高工资，选择了回来。他说，因为看了女儿的一幅画。

春节在家的日子里，他看了女儿在幼儿园画的很多画，画的大都是一家人在公园里、在郊野、在河边玩。一看就知道，扎着两个冲天辫的，是女儿，披肩发的，是妻子，都是瓜子脸儿。而他，总是不见面目，只有背影。他就把女儿抱在怀里，笑着问她，为什么不画爸爸的正面呢？

女儿半天后才回答他，因为自己画画时常常忘记了他的样子。听到这一句，他的眼睛一下子酸热起来。自己这些年来，一直在小城与大城市之间奔波，总是在家待不了几天，就拖着行李离开。妻子和女儿送他，看着他越走越远。给女儿留下的，一直是背影。

听了他的话，我心有戚戚然。我一直陪孩子长大，在他眼里，我倒不是一个只有背影的人。可是，远离故乡，一次次回乡，一次次离开，在母亲眼里，我也该是一个只有背影的人吧。

每次回故乡，母亲都在村口等着，有时掐着麦秸秆辫子，有时纳鞋底，有时什么也不做，只是与人闲谈，但眼睛总是盯着路上的。我总是怪她到村口来等我，母亲就讪讪地说，我是在那里跟人家拉闲呱儿呢。

我在家时，母亲有事没事就坐在我身边，时不时看我一眼，起身给我洗一个苹果，或是拿一个橘子来，看着我吃。我陪她看电视，看到动情处，母亲就抬手抹泪，一边笑着说，嗨，年纪大了，眼窝子就浅了，盛不住了。

时光易老，深情不负

过不了几天，我就要离家。母亲送我。站在胡同口，看着我倒车、拐弯。车越驶越远。她就那么一直定定地站在那里，像一棵努力挺立但略有弯曲的树，在蓝天的大背景下，显得格外孤单。后视镜里，这树越来越矮，越来越小，直到看不见。我的眼睛湿湿的。这几年，年龄大了，离家久了，我的眼窝也越来越浅了。

如果让母亲画一幅关于我的画，画上的我，一定是离别的背影吧。

我那位朋友说，如今虽然送外卖很累，但累并幸福着。因为能天天看到女儿的笑脸。女儿最近的画上，他不再是那个只有背影的人。一家人手拉手，在阳光下，笑得很灿烂。

父亲改名

王国梁

父亲原来的名字土气，难听，是不识字的祖父给取的。有人劝父亲改个名字，他说："名字不过是个称呼，叫啥都一样。"

我上小学的时候，男孩子们吵了架，就高声喊对方父亲的名字。大概是因为"为尊者讳"，喊对方父亲的名字，好像觉得那是一种嘲笑、挑衅。那时候我比较调皮，经常跟同伴争执起来，有时闹翻了，父亲的名字就被他们阴阳怪气地喊出来。有一次，我得罪了一帮大孩子，他们便齐声拉长音调，大声喊我父亲的名字。他们甚至还玩起了"分声部",几个孩子喊完了,另外几个孩子紧跟着重复,语气里充满嘲弄。

我气坏了,一方面是生对手的气,另一方面是生父亲的气。叫啥不行,偏偏叫那样一个古怪难听的名字。铁蛋的父亲叫李建设,多大气庄重的名字,即使被喊出来,嘲弄的意味也会大打折扣;二华的父亲叫于光辉,多响亮有力的名字,即使被喊出来,也觉得好像是在喊某种口号,很有气势的感觉。

那帮孩子还在怪声怪调地喊我父亲的名字,喊完还哈哈大笑。我气极了,顺手抄起地上一个土坷垃,朝着那帮人扔去。我只是想吓唬吓唬他们,让我没想到的是,土坷垃不偏不倚,正好砸中铁蛋的脑门。铁蛋疼得大哭,那帮人才散了。我回到家不久,铁蛋奶奶拉着铁蛋找到我家,指着铁蛋脑门的大包要说法。父亲和母亲赶紧赔礼道歉,还把家里攒的鸡蛋都给了铁蛋,这件事才算罢休。

我讲完事情的来龙去脉之后,嘟囔着:"爸,你的名字太难听了,我不想让他们喊你的名字!"父亲重重地把茶缸在桌子上一摔,说:"改名!"我知道父亲会改名字的,因为,固执的父亲只会为他的儿子改变。母亲说:"这名字叫了这么多年了,改啥!"父亲说:"以后儿子还要上初中,上高中,上大学,我说不定哪天还得去开个尖子生家长会啥的呢,叫这么个土气的名字,给儿子丢人!"母亲听了这话,眉开眼笑地对我说:"听到了吗,儿子,你爸为你将来上大学改名字,你可得好好念书,将来上大学!"我使劲点头:"只要我爸改名字,我一定考上大学!"

高中学历的父亲,冥思苦想了两天两夜,终于把自己的名字改成了"顺成",寓意顺顺利利,心想事成。这个名字好听,响亮,寓意也好,得到了全家人的点赞。父亲正式改名了,他坚决与过去的名字决裂。

我们都知道,一个成年人改名字很难,大家习惯了以前的名字,很难改过来。但父亲态度特别坚决,别人喊他新名字他才理会。谁如果忘了,喊他原来的名字,他便像没听见一样不理不睬,任凭人家喊破喉咙。这样坚持了一段时间,父亲的名字终于改过来了。过了几年后,大家几乎把父亲原来的名字忘记了。

父亲改名叫"顺成",但他的一生并没有顺顺利利心想事成,他经历过很多波折和坎坷,不过一切都过去了。时光荏

苒，转眼间我上中学了，期间父亲没有参加过"尖子生家长会"。我的成绩一直是中等，到了考大学的时候，父亲突然提起他改名字的事，说："小子，还记得我为啥改名字吗？我就是想等你考上大学，我去送你。到时候老师同学问起我的名字，你能骄傲地说出来。"

我听了父亲的话，眼泪差点掉出来。我暗下决心：一定要考上大学。一年后，我果真考上了大学。父亲用毛笔把他的名字大大地写到纸上，以表达他的喜悦之情。

满载夕阳的单车

盛家飞

在一个寂静的深夜,少年的旧时光忽然走入我的梦境,我骑着单车,追随在他们身后,夕阳满天,将我骑车的影子扯得摇摇晃晃。青涩的记忆丝丝缕缕,如珠如玉。小路边疯长的草木,氤氲着香气,仿佛岁月里皆是温柔。醒来时,黑夜吞没着梦境的美好,可是心依然在被梦境里的夕阳抚摸。多希望醒来的时刻,我依然是那个十几岁的少年,伴随着单纯的嬉笑,在狭长的小路上疾行。

过往的岁月犹如一部漫长的电影,一幕幕,那么真实,

时光易老,深情不负

却都只能留存在记忆当中。那时,我在离家十里的偏僻小镇上读书,交通工具是辆银白色的二手自行车,起初我还没去镇上读书时,车子便在农忙时充当起了驮运粮食的工具,可能是某次载的粮食太重,后轮的车圈就被压变了形,车圈不在同一个平面上,导致车子一骑起来后轮就左右摇摆,像一条扭动的长蛇,人们看到后都说,我家的这辆自行车会跳舞。后来等我上了中学,这辆自行车就成了我唯一的交通工具。

对于从小就寄居外婆家的我来说,童年孤独而单调。开学那天,我只身一人骑着那辆"会跳舞"的自行车前往小镇报名。到了班级我才惊喜地发现,班里竟然有好几位曾经的小学同学。我开心地向他们打着招呼,在陌生的环境里突然感到了一丝亲切。

最喜欢每周的周五下午,我们相约学校门口,一起骑车回家。那是一条清瘦的路,路两边是一片片无垠的田地,葱郁的野草和不知名的小花卧在小路两侧,羞涩且谨慎。路的尽头是一条河流,悠长而神秘,我们不知它来自哪里,也不知它流往何处。虽然在班里因为学习成绩我有足够的自信,可一旦出了学校,我便陷入了尴尬的境地。我害怕他们会看见我那辆会跳舞的自行车，胸膛跳动着的那颗敏感而羞怯的心，时刻提醒着自己，只要跟他们一起回家时，我总要排在队伍的最后一位。他们在前面说说笑笑，讨论着一个星期以来学校发生的种种趣事，我则跟在后面安静地倾听。傍晚的田野寂静无声，远处血红色的夕阳涂满天际，荡漾在每个人的嬉笑声中。我们一会儿不紧不慢地踏着踏板，一会儿疯狂地相互追逐，和煦的风夹杂着青草的香味，见证着青春的美好。

那时乡间的小路还是土路，晴天我们是一群人结伴而行，但是一到下雨天就变得满路泥泞，校门口就站满了接学生的家长。我深知拥挤的人群中没有属于我的那一位，我便只能一个人独自回家。黏稠的黄泥塞满了自行车的挡泥瓦，车轮就不再转圈，我便只能抬着车子艰难地步行，后来为了行走方便，我便把自行车的泥瓦通通卸掉。从此，只能"脚刹"的自行车，如今又少了泥瓦的装饰，跳舞的车轮显得格外刺眼。

初三开学报到那天，我发现班里少了很多人，打听后才知道，原来的伙伴都纷纷涌向了条件更好的县城读书，只有我一人继续留在了偏僻的小镇，我像被抽去了魂魄般呆坐在座位上。那时村庄已经修了水泥路，路两边栽种了整齐的梧桐，无

时光易老,深情不负

名的草香变得比以前更加浓郁,周五的下午,当我一个人骑行在回家的路上,夕阳依然泛着血红,只是我再也听不见一群人的笑声。夕阳的余光均匀地洒在我的脸上,也洒在我单车的后座上。之后的日子里,单车载着我,我载着夕阳,一起穿梭在那条小路上。

那段时间,一种软软的痛,混杂着孤单和彷徨袭击着我的内心。下雨天的周五,我骑车回到家,脱衣服的时候才发现,白色衬衫的后背上,满是拖着尾巴似的泥点,像一幅黑白水墨画。我惊愕良久,车子失去了泥瓦却变成了一位画家,我未来又能成为什么样的人呢?这一刻我突然醒悟,我不应该再这样浑噩下去,我应该拼命学习,争取考上县城的高中,这样就可以再见到曾经的他们,我也可以名正言顺地去县城读书了。就这样,在那段单枪匹马的日子里,我牙关紧咬,努力向着光亮的方向前进。

终于,我如愿以偿,考上了全县最好的高中。出分数那天,我却没有想象中的激动和兴奋,终于明白,原来激扬和呐喊到达了顶点,就只有平静。那天傍晚,我再次骑上那辆跳舞的单车,经过那条小路。夕阳被我打碎,泄了一地的橙黄,透过斑驳的光影，我努力向路的尽头望去，眼角流出含笑的泪光，此刻我感到被光亮包围，沉甸甸的夕阳爬上了我的车后座，使我满载而归。

爱的借力

朱宜尧

我不止一次地嘲笑过父亲。

我一直以为父亲是鸡蛋里挑骨头,掐眼看不上我。铲地哪有那么大"学问",铲就完了。还说什么借力,要借着锄头的重力向后拉,还一下是一下地拉,特矫情。

处于青春期的我极为叛逆,听不进父亲的好言。我那时要么可着性子来,要么一心想着超过他,让他缄默闭嘴、无话可说。

父亲那轻描淡写的话语中透着不屑一顾。他看我铲地实在费劲，事倍功半，告诉我铲地一定要借助锄头的重力，不是费劲巴力地硬拉硬拽。锄头更不能浮在表层，要深入泥土，就像学习不能浮皮潦草。父亲边说边演示，还一面换着左右撇的姿势。

父亲干什么都能联系到我的学习，总拿小话敲打我，使我极其气愤，又不敢言。

父亲看出了我不服气，沉默了很久才说，力不在大，而在于巧。以后回乡务农了，要放下书本，多学习一下农业知识。父亲的声音尽管很小，像自言自语，但我听得真真切切，又一次触及我。

我不服气，铲地，还谈什么"高深"的理论，有力气干就完了。

父亲这话后来我又一次听过。一次是摔跤比赛，解说员宋世雄用他"炒豆"的嘴说，一名摔跤队员是借着对手的力，将其摔倒，死死地压在身下，最终赢得这场比赛，力不在大，而在于巧。听到这句，我忽然一惊，内心有了别样的感受，针刺一般，火烧火燎，坐立难安。也许是愧疚，也许是歉意，从那以后，看父亲也有了友善的目光。其实做农民的父亲也有很多生活的智慧和道理，只不过我那时特叛逆，跟父亲对着干。

有次看梁衡的散文。他转述他的中学语文老师的话，说"韩愈每为文时，必先读一段《史记》里的文字，为的是借一口司马迁的气"。

文章里有人的气？写文章也要借气？

这使我茅塞顿开，豁然开朗。父亲所说的借力也好，梁老师所说的借一口气也好，都是一个道理，"借"是没有成本的最好方法，世间万物道理相通，想明白了，受用无穷。

为什么父亲说的话我一句也听不进去，而同样的话在别人嘴里说出，内心就如此赞同，并深有感慨？等我到了父亲的年龄，也成为父亲的时候，才知道望子成龙的心切造成了一次次在希望中失望，可怜天下父母心呀。

这是做父亲的最纠结的一段路。

父亲老了，再不像以前干点什么活儿就在我面前唠唠叨叨。现在，即便是看见我忙个不停，也不轻易帮衬，更不会轻易去说。以前父亲脾气火急火燎，现在火上房也不着急。父亲学会了妥协与释然。我多想让父亲再指点我一下，我会心悦诚服地接受他的建议，哪怕不可行，我也会顺着他做给他看。人生的幸福莫过于此。

人生的悲痛也莫过于此。教诲你的时候，两耳不闻。忽然需要别人意见的时候，身边再无可托之人。给你建议的人，能告诉你方法的人，以及那些宝贵的经验，都要好好珍藏。这世间没有几人能真心为你好。

生活总要借助外界的力，借助家庭的力，借助父母的力，借助朋友的力，借助师长的力，借助自然之力，甚至借助千古文章的一口气。要知道一己之力，是多么渺小，一己之见，又是多么肤浅。

父亲没有千里眼

徐徐

父亲是个茶农，以种茶、卖茶为生，所得的收入勉强能养活家人，外加供我和弟弟妹妹读书。

父亲四处卖茶，最常去的地方叫江城。江城离我家较远，凌晨两三点，父亲就得挑上茶担子，摸黑出发。先步行，再坐船，最后坐车。进城后沿街叫卖，如果茶当天卖不完，就得在江城的桥洞里留宿一夜。

我高考时，还是估分填报志愿，考生需在分数公布前就要把志愿填好。我感觉考得很不错，能上一所好大学，拿着填报表回家，问父亲填哪里的大学好。父亲脱口而出："江城吧，那里可大，可美了！我每次去卖茶叶，做梦都想留在那儿。"

说到江城，父亲的眼里闪烁着光，他绘声绘色、神采飞扬地跟我描述江城的"大而美"——有一栋挨着一栋的大楼；有跑得飞快的公共汽车；有将夜晚照得如同白天的一排排路灯；还有饭店、商场、电影院……"如果你考到江城去，爸睡着了都会笑醒的。"

我从未去过江城，我去过最远的地方就是读书的县城，县城很小，远没有江城大。父亲的话，让我心动不已，毫不犹豫地填了江城的大学。

我被顺利录取，九月来到大学报名，江城一如父亲口中的模样，美丽繁华，让我大开眼界，愉悦之极。

但这份愉悦，并未长久。当我说出高考成绩时，来自省内的新同学们一个个都惊呆了，他们说，我的成绩完全可以上北京那几所知名的重点大学，学最好的专业！他们的高中同学，分数比我低的，都被录取过去了。

很快，我又从辅导员口中得知，我是当年学校录取到的最高分。"你怎么不填报北京的重点大学，而填了我们这所名不

见经传的省属大学？太可惜了！"辅导员惋惜道，"江城跟北京可有天壤之别呀！"

我不信，国庆节特意去了一趟北京，去看了那几所重点大学，回来后，我彻底蔫了。

我躺在宿舍的床上，蒙头大睡，我感觉上天跟我开了一个巨大的玩笑，而助它开成的人，居然是父亲。

可父亲却以他大半辈的见识和眼界，认为不可能还有比江城更美、更大、更适合我的城市。他说，北京摸不着，看不见的，不是农村娃想待就能待得住的地方，那里开销很大。

我想复读重考，但他不同意，说，弟弟妹妹也在上学，家里已没多余的钱供我了。我只好认命，怀着对父亲的怨恨，对现状的不满，对自身的自暴自弃，我浑浑噩噩地度过了四年大学时光。

毕业后，我留在了江城。父亲依旧经常来卖茶，有时会在我家吃顿饭，偶尔也会住上一晚。我们自始至终都闭口不提当年填报志愿的事。

本以为父亲这辈子都不可能去北京，直到有一年他生了病，江城和省城都无法治愈，我只好辗转带他去北京求治。那是父亲第一次来到真正的大城市，第一次坐地铁，第一次见到直插云霄的高楼，也是第一次走进漂亮的北京市民的家中——那是我高中的一位同学，高考时考入北京的，事业有成，是我们同学中的佼佼者。

但父亲的病终究难以挽回，半个月后，我只得带他返回江城。在北京火车站，一路沉默的父亲，突然拉起我的手："爸对不住你，你本可以属于这里，是我们这个穷家，是爸的狭窄眼界和短见，断送了你的大好前程……"

那时的父亲，因病痛的长久折磨，已骨瘦如柴，连说话的力气都没有了。可他还是用尽全身的力量，说出心中的那份愧疚。我安慰他说，不怪你！随即转身去了厕所，生怕他看到我止不住的眼泪。

我曾幻想过父亲有一天会向我认错，但没想到竟是在他生命最后的时光里，是在北京。

我的心结打开了，父亲去世后，我积极充电学习，两年后考进了省城的一家事业单位，离开了江城。

说来也怪，在省城，我反倒常常想念江城，每年都会回去，走走父亲卖茶时曾经走过的街头巷尾、睡过的午夜桥洞。

时光易老，深情不负

多年后，我儿子考入了北京的一所名校，毕业后在北京安了家，也算弥补了我的遗憾。

其实，当我成为父亲后，就已在心里原谅了父亲：江城是他见到过的最好、最美城市，他将自己的孩子极力引荐到这座城市里，不就是最好的父爱吗？更何况，他还要为其他儿女着想。

父亲没有千里眼，他的眼界和见识是一把长度有限的尺子，但是，这尺子上的每一格刻度，都是他亲眼看到的、亲自丈量过的，这把尺子可能不会让我鹏程万里，甚至会阴差阳错束缚了我，但在父亲看来，那已经是九天揽月了，是他能给我爱的最美江山，我还有什么不能原谅他的呢？

母爱地图

张海伦

家中客厅的墙上挂着两张地图，一张中国地图，一张世界地图。

前些年，弟弟大学毕业后，签约了长春的公司。母亲问我长春离家有多远，我说："大概有两千公里。"那时还没有开通高铁，从家里到省城两百多公里的路程，坐火车需要两个小时。母亲在心中盘算了一下，慨叹道："那不是要坐一天一夜的火车呀。"没过几天，客厅的墙上就挂了一张中国地图。

弟弟是个理工男，情商不高疏于表达，再加上工作很忙

时光易老,
深情不负

时常加班,一年到头给家里打电话的次数也屈指可数。母亲戴着老花镜在地图前端详,上下左右逡巡着,我指了指长春的位置,母亲像寻得宝贝似的说:"快,拿支笔来。"我递给母亲一支蓝色的记号笔,只见母亲踮起脚伸长胳膊在长春两个小字上涂了一个大圆点,然后心满意足地说:"这下清楚多了。"每晚七点半,母亲也会准点看天气预报,天气降温了,母亲会打电话叮嘱他要及时加衣服;下雨了,会提醒他上班时记得带伞。

这些年,弟弟工作时常调动,地图上便多了一些蓝色的标记。晚饭后,母亲常常饶有兴趣地看着地图说:"这是五年前,你弟弟在北京上班,时间不长,半年后又调回去了;这是三年前,他在武汉工作,武汉好啊,工作一年就找到媳妇结婚了;这是一年前又调到了深圳,深圳冬天暖和,不像长春天寒地冻的。"母亲一五一十如数家珍,说到高兴的事眉飞色舞笑开了花,说到忧虑的事表情黯然透着担心。我很惊讶,没想到这些年弟弟工作的每个城市、停留的时间、发生的事情,都深深印在母亲的心里。

前年,我申请了调换岗位,经常需要出差带团。于是,家里又多了一张世界地图。每次出差前，母亲都让我在地图上指给她看我要去的地方，然后拿支红笔在上面涂上一个大圆点，用笔比画着家与出差地的距离，口中喃喃自语："哎哟，那么远啊，比你弟弟上班的地方远多了！"我笑着说："不远，坐飞机几个小时就到了。"那年夏天，正是暑假旅游旺季，我带团在泰国，晚上接到母亲的电话，一接通就听到母亲严厉急切的吼声："你怎么一直不接电话，我担心死了，生怕你们在船上啊。"我告诉母亲我很安全，因为普吉岛发生翻船事故，我一直在和公司还有游客沟通改变行程的事宜，手机占线打不进来。和母亲通完电话，我翻看通话记录，有十几个未接来电，可以想象母亲从知道消息后，一直打不通电话时的焦急心情，我顿时心中一酸，眼睛就湿润了。

这些年，家里地图上的标记越来越多，蓝色是弟弟的，红色是我的。它们交织成一条条无形的线，一头牵着我和弟弟，一头系在母亲心里。我和弟弟早已成家立室，而母亲依然如此。职业旅行家小鹏在《背包十年》里写道："我知道，在妈妈心中一定有一张世界地图。那地图上没有国家，没有城市，只有我走过的每一步。我也知道，我的每一步都踏着她的担心。"

　　我时常想，在母亲的心里一定也有一张地图，那地图上有我和弟弟走过的每一步，我们在哪里，母亲的心就在哪里！

时光易老，深情不负

张军霞

那天中午，我给老妈打了一个电话，原本只想说我下午要到医院去一趟，是否需要捎带买药，没想到电话接通了，老妈只说了一句话，我就听出她语气不对，好像刚刚哭过。在我再三追问下，老妈才告诉我，她又和老爸怄气了。

老爸年轻的时候一直在外地工作，老妈独自在家照顾我们姐妹几个，还要耕田、做家务，长期超负荷的劳动，让她落下了腰酸背痛等多种毛病。在我上中学那年，老爸终于在城里买了房子，老妈这才算结束了农村生活，带着我们进城，找了一

份仓库保管员的工作，一直工作了近二十年才退休。老爸比老妈退休早几年，那时他主动承担了大部分的家务，说是以前欠老妈太多，应该弥补一下。老妈下班回家就能吃到热腾腾的饭菜，她也很知足，那时他们很少吵架，互相尊重，日子过得其乐融融。

然而，就在两年前，老爸患了一场大病，做过手术之后身体一直很虚弱，医生多次叮嘱，让他一定多吃蔬菜水果，尤其要多喝水。老爸自己不当回事儿，把医生的话当成耳旁风，为此，老妈跟他没少生气。就拿这次来说，老妈一大早起床烧了热水，把水兑到不冷不热的程度，然后才把老爸的保温杯灌满，叮嘱他一上午至少要喝两杯水。老爸平时就不喜欢喝水，他趁老妈不注意，只勉强喝了两口，就把杯里的水倒入了下水道，哪知这一幕正巧被老妈给看到了，别提多么生气了。她在电话里对着我呜呜地哭着，像个受尽了委屈的孩子，说老爸真是把她的一片好心当成了驴肝肺，还信誓旦旦地表示，从此再也不管老爸喝水的事儿，随他自己的便吧，自己再也不想操这份心了，反正没人领情，累死也无功。

听老妈把话说得这么狠，我真有点担心，只好反复劝说:"老爸身体不好,有时难免会犯糊涂,就像小孩子一样,他没生病的时候对你照顾得不也挺好吗?现在我们当儿女的都不能守在身边,家里只有你和老爸,你可别跟他赌气呀!"老妈正在气头上,语气十分坚决:"我说到做到,以后就是不再管他的事了!"

我到底放心不下,第二天就抽空回去了一趟,老妈显然还没有跟老爸和解,表情带着几分恼怒,我想让她散散心,就主动提议说:"今天天气不错,咱们到公园里去走走吧!"

当时,老爸正躺在床上休息,老妈跟着我出了门儿,在公园里转了不到20分钟,就开始心神不定地看手机,然后跟我说:"咱们还是往回走吧,你老爸一个人在家呢!"我说:"咱们离家也不远,没关系啊。"我妈瞪了我一眼:"这不是让我散心,是在让我闹心,他现在身体不好,把他一个人丢在家里,让我怎么能放心?"

我赶快陪老妈往回走,半路上,她还给老爸打了一个电话,他及时接通了,她才算不那么紧张了。我暗暗觉得自己很可笑:老妈和老爸一辈子相濡以沫,他们彼此之间的感情那么深,老妈不可能不照顾老爸,她不过是刀子嘴豆腐心,我瞎紧

时光易老，深情不负

张什么呀？

想起曾经从网上看到的一段视频：2020年的春天，有一对老人双双感染肺炎，在同一家医院接受救治。84岁的老婆婆患有阿尔兹海默病，对身边人已失去记忆。老伴88岁，住在她正对门的病房。有一天，婆婆的病友看到正在打点滴的老伯，举着瓶子走进来，好像忘了自己生病，迫切要来照顾老妻。因为护士喂老奶奶饭，她不肯吃，老伯就哄她说："听话啊，吃。"老婆婆这才乖乖地吃了，这温情的一幕让旁观者无不感动。

岁月，总会悄无声息地让每个人老去，夫妻彼此相守的深情却不会因此而褪色，从年轻时的恋人到年迈时的老伴儿，我对你的守护从未走远。时光易老，深情不负，这就是爱情的动人之处。

青春里的逃亡

彭晃

在时光逐渐碎屑化的光阴里,我总是会很自然地陷在回忆里喜笑欢颜,抑或是黯然悲切。包括那段逃离,在我成长的岁月里印上刻骨铭心的痕迹。

高三下学期,我成绩一直在中游。父亲对我分外苛刻,巨大的压力在青春期里演变成反叛。

寒假结束,我拿着两千块学费离开了学校。我买了最近一趟前往南昌的火车站票。我是第一次出远门,一个人拖着大大的行李箱,在拥挤闷热的火车上站了四五个小时,没有觉得疲

愈，反而在火车渐行渐远的过程中愈加兴奋起来。

那年我十八岁。

到了南昌，一切都是繁华热闹，找一间便宜的小旅馆，三十块钱的房费，换来一个小床和破旧的被褥。为了生存，我在旅馆附近的一家大众化的餐馆里找到个服务生的工作，一个月七百。

我很高兴，以为自己可以就这样在南昌安定下来。那个时候我没有手机，我在网吧上网，QQ上有好多留言劝我赶紧回家。

我赶紧隐身登录，却被电脑上显示的地址暴露了踪迹，当正在南昌读大学的表哥问我具体位置企图接我回家时，我慌乱地下线，逃出网吧。现金所剩无几的我准备取钱买车票，可是却得知存折只能在当地城市取款。我跑到火车站去买最快一趟回去的票。

终于到了赣州，取钱，买票，回南昌。戏剧性的事情发生了，我坐反了火车。直到经过了五六个小时，问及乘务员，才知自己上错了火车。我顿时慌了神，旁边一对好心的兄弟挤出一个位置让我坐。当时我就决定，就去深圳好了。我跟着兄弟俩下了火车，他们收留我在宿舍睡了一晚上。第二天，弟弟陪我去找工作。我很快地在一家火锅店找到了一份月薪两千的工作。

每天的工作很辛苦，又脏。特别是当我饿得难受却又没到下班时间的那会儿，看着顾客在那里大吃大喝，心里就开始酸楚。住宿是在深圳最繁华的东门老街路旁，二十几个人居住在局促的两室一厅里。狭小的居室里堆积着上下钢丝床，不爱收拾的女生们衣物和被褥也胡乱地摆放着，使得空间更加局促。

火锅店里面大多数是十几岁的女孩子，没怎么念过书，哪怕凌晨一两点下班，她们依旧用手机放出震耳欲聋的歌曲以及大声聊天。时间久了，我再也忍受不了，我叫她们小点声说话，可是遭遇了巨大的鄙视与不屑。天性好强的我也不甘示弱，开始跟她们争吵起来，却敌不过她们联合在一起的力量。到后来，她们开始跟店经理打小报告，称我经常工作偷懒，在宿舍也不爱卫生，影响其他人。可事实上，宿舍那一地的脏垃圾都是她们晚上不睡觉，通宵看电视吃零食的结果。我只是一个临时工，而她们却是一群老员工，经理不辨黑白地把我辞退掉，我百口莫辩。

时光易老,深情不负

我身上剩下不足五十块钱,不知道该去哪里,下一步该怎么走。绝望和孤单的我走在人群中,觉得自己随时都会被吞没。巷子里人不多,我见到几个大男人疯着嬉闹,见到扫地的大爷一路沉默寡言地扫着垃圾。我越加害怕,不敢想象自己会成为他们中的一员,漂泊在这座自己毫无存在感的城市里,像一叶浮萍。第一次真正感到无助,那些堆积起来的反叛与故作坚强轰然倒塌,我一个人坐在广场石凳上面拼命地哭泣。

这场逃离让我惊慌失措,没了继续前进的勇气。我开始想家,想念每天可以坐在教室里读书的日子。在眼泪中,我拨通了家里的电话,是母亲接的。她开始责骂我,直到我哭得说不出话,她才开始用微微哽咽的声音唤我回家。而父亲也一改之前暴戾的脾气,好言好语地哄我赶紧回去读书。

我那场粗糙而又任性的逃亡,就这样结束了。

之后,我重新回到学校,上课,参加百日誓师大会,带着对父母最深的愧疚以及对未来的负责,认真地参加完高考,考上了大学。

这么多年来,我一直羞于提及这段经历过的迷途,因为我为自己内心的责任缺失感到羞耻。我妄自抉择我的路,却没有勇气承担它的一切，反而让周遭的人踏过坎坷，来接受我迷途知返的怯弱。青春总是这样，在不断的折腾中兀自成长，我感念那段经历，感念在这一路上不放弃我的父母，以及沿路中停下脚步帮助过我的人。也正是在感念中我开始慢慢学会对自己的未来负责，用坚强的奋斗来弥补当年青春该有的精彩过往。

孩子的爱纯澈而芬芳

顾晓蕊

那年暑假，我骑自行车载着女儿，去参加市里的围棋比赛。棋龄已两年有余的她，对围棋有近乎痴迷的热爱。

到了棋院，我将自行车停靠在路边，跟其他家长一样站在大门外耐心等候。临近黄昏，不时有孩子从赛场出来，沮丧或得意，胜败全写在脸上，在家长的陪同下陆续离开。

当烂漫的晚霞由浓转淡，夕阳收尽最后一抹余晖，仍不见女儿的身影。赛场外人如潮水般退去，只剩下我还在不停地张望。又停了一会儿，我心里焦躁不安起来，决定绕到教室后面探个究竟。

我轻踮起脚,脸贴近窗户,朝里面望去,偌大的教室里只有仨人,女儿、一位瘦高个男孩和裁判老师。屋里的气氛显得凝重而寂静,间或有清脆的落子声。

女儿端坐在棋盘前与男孩对弈,桃粉色如花朵般娇嫩的小脸上,显出严肃又紧张的神情。从棋局上看,男孩所执黑子明显占优势,他脸上有些不耐烦,漫不经心地抬手,抛出一枚棋子。

隔着窗户,朝里张望一会儿,我又回到棋院外面。这时突然发现,停在路边的自行车不见了踪影。那是一辆新买不久的自行车,花费我近半个月的工资,现在它彻底消失不见了。我心里腾起一股怒火,无比地气恼、愤恨。

过了片刻,女儿从棋院出来,看见站在灯影下的我,走过来低声说:"妈妈,这盘棋我输了,可是……"我心里被愤怒填满,不耐烦地喝断:"你也真是的,这么晚才出来。"我暗沉着脸又说:"自行车丢了,这可恶的小偷!"

她被我的话惊住了,怔了一怔,愕然地扭头,朝四下望望。她很快明白过来,却又感到委屈。她清莹剔透的大眼睛

时光易老,深情不负

里,是藏不住心事的,珠泪涌上眼眶,像草叶上的露珠一般,闪闪地颤动着。

"走吧,只能步行回家了。"我窝了一肚子的火儿,冷着脸转身就走,女儿紧跟在后面,朝家的方向走去。

那天,我大约是被愤怒冲昏了头,一路上不停地念叨:"估计小偷是个惯犯,看上这辆新车,找准时机下手,这可恨的遭天谴的小偷……"

走了一会儿,我回过头去望着女儿,把气撒到她的头上:"你要是早点出来,车子可能也不会丢了。"她绷着张小脸,两只大眼凄凄地望向我,似乎竭力忍着不让自己哭出声来。

快到家时,阵阵清凉的夏风吹来,如温柔的手轻拂过脸颊,我的怒气渐消了些。冷静下来的我,忽然想起什么,停下脚步转过身去。女儿愣了一下,也默然站住,伫立在昏黄的路灯下,小小的身影格外孤独。

她跟在我后面的时候,显然悄悄抹过泪,脸被泪痕给弄花了。"妈妈——"她怯怯地开口,脆声唤道,声音清透圆润,像水滴一样,飘落在我的心里。

我心里掠过一阵难过,又有些懊责,觉得自己刚才的样子实在是糟透了。那一盘棋她虽然输了,却拼尽了全力,她从赛场里走出来时,多想得到一句温暖鼓励的话,而我却令她伤心失望了。

偏我又是个自尊心极强的人,不知道应对她说些什么。犹豫间,抬头见路边有卖糖葫芦的,我跑去买了一串,微笑着举到她的面前。女儿紧闭的嘴微微张开,面带惊喜的样子。

她尝了一口,咧嘴笑了,"嗳,真甜。"仿佛连空气也变得甜丝丝。她瞬间忘却了所有的不快,轻易地原谅了我的过错。她轻巧地跳跃着,跑到我的前面,轻盈得像一阵微风,一缕柔云。

那夜,她做完功课后,像往常一样乖巧地回到卧房,等待我给她讲睡前故事。待我忙完手头的家务活,回到房间,发现她手里握着铅笔,歪在床上睡着了。偶一抬头,我看到她写在暖气包上的一行字——我爱妈妈,妈妈她最漂亮。

我瞬间被击中了一般,心中泛起一种复杂难言的情绪,既感动又羞愧万分。我轻轻地俯下身来,握住她的小手,贴在我的脸颊上,泪水纷纷地落下来。

时光易老,深情不负

孩子的爱是多么宽广,多么坦荡,多么纯澈而芬芳。她接纳了我这个不完美的母亲,宽宥了我偶尔的任性和自私。因为爱,在孩子的心中,母亲的笑脸,永远是世间最美丽、最生动的风景。

母亲弯腰

朱成玉

我看到母亲在一里之外弯腰,她在捡拾农人秋收时遗落的麦穗。

我看到母亲在十里之外弯腰,她在向上苍祈祷,可以有更多的恩赐落到我们身上。

我看到母亲在千里之外弯腰,她在向岁月妥协,她在把自己交出去,她在慢慢变成句号……

母亲用弯曲的腰身,换来了我们的笔挺。

母亲弯腰的样子,像一棵被风吹拂的野草。没有什么力

量，可以让她想到自己。她弯腰，为我们拾取生活中遗漏的惊喜。

母亲，你看不见，就让我说给你听吧。布谷鸟已经让春天撒满音符，梨花也让春天布满经文。我现在就想搬到离你最近的地方去！

想到自己在外地工作那会儿，母亲在电话里总是很关注叶子，常常有意无意地唠叨，叶子又落了一地，我还没来得及扫。明天一阵风，怕是又要落下不知多少呢？你穿的衣裳是不是太薄？——这种由叶子到衣裳的跨越，只有母亲的思维可以做到。

我的胸口有一只暖宝，它把母亲的唠叨焐热了。多亏我有先见之明，知道母亲今夜会来梦里看我，所以带了一只暖宝，我只想让寒冷往后退一退，因为母亲衣衫单薄，她来得匆忙，没戴围巾，也忘了穿毛衣。

更多的时候，我在这个世界发呆。母亲飘在风里的银发，佝偻着贴向地面的脸，都是我发呆的理由。

我会想起她无数次爬过的山坡，想起她无数次背回来的柴火，年轻时一次比一次多一点点，年老时一次比一次少一点点，慢慢弯下去的腰身，便再也直不起来。

五岁的时候，和母亲去种土豆，把土豆放进坑里，盖土，整个过程严肃而虔诚，像一场神圣的葬礼。我问母亲，土豆是不是死了？母亲笑了笑说，死了一个，会生出更多。

起土豆的时候，母亲故意给我看土豆秧上结的一串串土豆，"看，我没说错吧。"我惊讶万分，那是多么神奇的"死而复生"。

那是我和母亲一起弯腰的，为数不多的画面。

"种豆得豆，种瓜得瓜"的道理，即便五岁的时候我不懂，慢慢总会懂的。"面对死亡，不必恐惧"的信念，却在那个时候的心底扎了根。以至于在以后的日子里，见证了无数次死亡，但总还是会恍惚觉得，埋葬一个人，不过是埋下一颗土豆罢了。

母亲渐渐瘦弱下去，但她的爱始终是丰饶的，就像我看到可以长出成串的土豆时的土地，那个时候的我就相信，土地是可以产生奇迹的。母亲也一样，对土地存有敬畏，在她眼里，自己的弯腰，与苦楚无关，那只是自己在向着大地行礼。母亲谦卑了一辈子，对人和事，从不过多索取，总是无穷尽地给予。哪怕老了，也要弯下腰去，对着深爱的土地，深深地鞠下一躬。

母亲爱着一切，从无抱怨，她甚至爱上了自己的关节炎，在缓慢的疼痛里，证实着自己还活着。她说，活着就好，活着就有念想，摸摸我们的手和脸，闻闻我们的味道，都是她的幸福。

所以，每当我因为生活中的不顺心之事而乱发脾气时，总是劝自己想一想母亲的宽和，在她的丰饶面前，我照见了自己的贫瘠。

永远忘不掉那个画面——在我们又一次从她身边离开的时候，母亲执意要送我们。她的眼睛已经看不见了，但是依然倚在大门口，"目送"着我们，迟迟不肯转身，她不知道我们已经上了车，仍旧在那里执着地挥手……

我的泪，硕大的，为母亲而流。母亲弯腰的背影，像一个巨大的问号，镶嵌在那一日的黄昏里，再也抠不出来。

爱情"微动作"

罗倩仪

早些年,看美剧《别对我说谎》时,就了解到人的微表情、微动作会彰显内心的真实意图,刑侦专家便可据此推测人们是否作恶。事实上,人的微动作不但会出卖他们的"恶",也能透露他们的"爱"。

朋友小琼和她丈夫王先生被称为模范夫妻,恩爱非常,但我从未亲眼看见,直到我去南宁拜访小琼。本以为被封为模范夫妻的俩人,定有许多共同语言,常把甜言蜜语挂在嘴边。其实不然,王先生很沉默,两人的交流并不多。直到在饭桌上,

时光易老,深情不负

大家都吃得差不多时,王先生的表情有了微妙的变化。他只朝小琼看了一眼,小琼立刻意会,转身从冰箱里拿出一碗冰玉米粥,王先生的脸上便有了笑意。小琼一边看着王先生津津有味地吃冰粥,一边轻抚他微微凸起的肚子,柔声细语:"哟,吃这么多呢!"王先生回看她一眼,笑意更浓了。

一转身,一抚摸,一抹笑意盈盈,我想,这就是爱情的"微动作"吧!爱情不动声色,爱意盈满一屋。

不由得想起七年前,我去登泰山,快到南天门时,看到一对年近五十的夫妇正在下山,边走边看。最让我动容的是,男人始终紧紧牵着女人的手,不是手挽手,是十指紧扣。这种亲密无间的微动作,在中年夫妻的身上实在少见。我盯着他们的背影,举起相机,将爱定格成永恒。

有时候,爱情的微动作不一定是两人的肢体接触,但依然叫人难忘。

曾在书上看过一个故事,故事里的妻子不太爱吃辣,但丈夫无辣不欢。于是,妻子时常在饭桌上放一杯水,夹菜时,先把菜放水里泡一下再吃。虽然很多人对此提出了各种解决方式,但妻子在饭桌上的轻微举动,还是在我心里美成了一幅爱情的画卷。

　　也有类似的真事，同事嘉美的丈夫每天晚上，都会把嘉美第二天要穿的鞋子放在沙发的左侧，理由是，嘉美喜欢坐在沙发的左侧穿鞋子。丈夫希望冒失慌张的嘉美，能第一时间拿到鞋子，不耽误出门的时间。

　　很长一段时间里，我们部门里都流传着一句佳话：有一种爱情，叫作把鞋子放在沙发的左侧。透过这细微的动作，可以想象出嘉美的丈夫对她的无微不至，那是烟火日子里让人艳羡的长情。

　　也有时候，一个眼神就能造就一个动人的瞬间。前段时间，我去探望老同学雪怡，她怀孕六个月了，身体微微发胖，眼里泛着柔光。她丈夫得知我与雪怡许久不见，有一肚子话要聊，便放下茶点，知趣地退回书房去了。他对雪怡说："有事喊我。"我不禁发笑，能有什么事呀！

　　在我和雪怡畅谈的过程中，雪怡没有喊过她丈夫一次，但她丈夫却出来了好几次。每次，他都用关切、布满爱意的眼神望向雪怡，脸上挂着淡淡的笑意，雪怡也朝他微笑。看了一眼后，他便又退回书房。这大概就是爱情最动人的微表情吧！

时光易老,
深情不负

世上有千千万万种爱情,千千万万个爱情微动作,它们比甜言蜜语内敛,比轰轰烈烈平静,却是一股有力量的柔情,一种穿透岁月的坚定,一份不离不弃的守候。

井拔凉里的美好时光

葱笛儿声声振林樾

郑宪宏

下午,偶读苏子瞻在贬谪地儋州写诗云:"总角黎家三小童,口吹葱叶送迎翁。"一下子击中了我柔软的情愫。

一个漫漶的场景在脑海里徐徐展开:温和恬静的春光里,农舍俨然,炊烟袅袅,鸡犬自得,草木新绿,三个结着牛角小辫的儿童,嘴里吹着绿色的葱叶,发出"嘟嘟嘟"的声音,摇头晃脑地围着一个须发皆白的古稀老人,调皮地欢笑着……

放下书,向窗外望去,小区的垂柳已泛浅绿,想来已进农历二月末梢。看着想着,我的思绪飘回了儿时的故乡。农历三月，阳葱（冬季割倒后留下的葱根第二年春季遇阳长出的葱）忽如一夜达尺许长，葱根白皙壮实，葱叶碧绿圆润。

因为管状的葱叶掐掉尖尾后，能吹出声来，它成了伙伴们嘴里嬉戏玩耍的小葱笛儿。

夕阳西下，炊烟上树，牛羊归圈。这边，一群孩子人手一根去了尖的葱笛儿，边走边吹，边打边闹。那爽朗的笑声和葱笛儿嘟嘟声波振林樾，吵醒了黄昏，它看着这群顽皮的孩子们，露出橙红色慈祥的笑脸。

那边，一孩童左手攥着一把阳葱，右手拿着一根葱笛儿放在嘴巴里，"嘟嘟嘟"地吹着，从自家的葱地蹦跳地向家走去。又见那家门口，另一孩童左手掐半个白面馒头，右手攥几根葱叶，吹一下葱笛儿，吃一口葱叶，又吃一口馒头。两个孩童撞面后，都仰起脖子对对方使劲吹几下，做个鬼脸，然后各自回家。

葱笛声消隐，炊烟散去，几句"十月哎，回家吃饭来！"喊声后，整个村庄归于寂静。黄昏收起了笑脸，由橙红变成淡黄、淡白、浅绿、青墨，最后干脆一口吞了这个夜，因为它知道，夜是严肃的，是沉静的，更是纯粹的。

春季，除了葱笛儿，还有杨树笛儿、柳树笛儿和荆条笛儿。气温回升，草木返青，杨柳和荆条枝秆处生发阶段，骨皮易脱离。伙伴们就折下一段杨柳枝条，抑或是从哪家门口外堆放的刚刚割的春柴荆条垛上，拽下一根荆条枝，用稚嫩的小手轻轻一拧，枝条皮骨分离，把枝骨潇洒地向空中一抛。将拧下的管状枝皮筒用小刀切成十厘米左右的小段，再将一端口去掉五毫米左右长的表皮，露出淡黄浅绿的真皮，这端作为吹嘴。弄好后将树枝笛儿放在嘴里，使劲一吹，便发出悦耳的声音。

春天便被奏响，童年时光在笛儿声中飞扬。

吹完后，嘴里留下淡淡的苦涩清新的味道，是春天的味道，更是故乡的专有味道。

葱笛儿、树枝笛儿的声音和味道不知抚慰了多少孩子的童心，这些天真的童趣，在和我一样羁旅他乡的游子们心中最柔软处偏安一隅。当游子们远避喧嚣，心神自然，见一物遇一景闻一声，它们便窜上心头，瞬间幻化成波涛汹涌的情感，把自己层层包裹，令人窒息。使我们背上行囊在背离故乡的方向，无论走了多远，总是频频回望，并在梦里泛滥成灾。

离开故乡愈久，它们愈深刻凝重，由此产生了旷达博远的情愫，正是这种情愫抚慰着游子们"他乡安放不了灵魂"的孤独，促使游子们不断内省，厚实情感的甲胄，以对抗诡谲的世俗。当生活向我们露出獠牙，伸出魔爪，人生陷入低谷时，我们就会像苏子瞻一样吟出："莫作天涯万里意，溪边自有舞雩风。"

怀旧的盖帘儿

崔立新

盖帘儿，是一种厨房用具。在北方，用高粱秆上抽穗儿的那一截缝制而成。盖帘儿，有叫"双箅儿"，有叫"箅箅"，也有叫"盖顶"的。我觉得"盖帘儿"这名儿好：盖，言其功用——盖锅，盖瓮，盖盔儿，盖盆儿，轻巧，又灵便；帘儿，言其形状——不论圆的还是方的，结构都如"帘儿"一般均匀精美，还比帘子多了紧致和硬挺。

在告别了灶灰柴烟、蒲团风箱的现代厨房里，盖帘儿，算是存在感最强的。它不仅在乡下厨房担当要职，还以实用功能和精巧外形辗转进了大都市。在中国化的厨房里，它们如百变金刚：是饺子跳水时的跳板，是馒头、包子、手擀面的候场区，是芝麻、豆子、谷米、花草茶的小晒场……

亮晶晶的瓷砖墙壁上，一只盖帘儿挂着，就有了艺术氛围。它无声地唤出了那种敦睦、朴厚的中国的家味儿。

出自村妇之手的盖帘儿，千针缝纳，穿起的，是人与人、家与家、乡村与城市的千丝万缕的联系。

我们这地方把制作盖帘儿的原材料，叫格挡。格挡细腻光滑，像美人颈上的皮肤。即便这么美了，还得经过严挑细选：要颜值，还要素质——粗细适中、长短一致，没有疤痕，没有虫眼儿，肤色干净。

由于纳盖帘儿这个用场，高粱就显得浑身是宝。收割时，待遇也高出很多。别的庄稼收回来，随意往房顶墙角一码一摞；高粱呢，要靠墙单摆竖开站好，透风，采光，均匀地晾干。

小时候，家里大人去扦高粱秆儿，我们总会软磨硬泡，央求一起去。因为高粱地里绕不过有几棵不结籽只长个儿的"甜秸"，跟甘蔗一样甘美多汁。那是难得的馋嘴尤物啊。

井里的美好时光

扦完高粱,娘把高粱秆捆绑成大小三捆,娘扛一捆大的,我和妹妹各扛一捆小的,在穗子"簌簌——簌簌——"的摩擦声里,走上晚风透体的山路。

高粱秆儿干透以后,就到了初冬。这时节,我奶奶总有几天不离炕,每天"哧啦哧啦"纳盖帘儿,硌得手上都起了硬皮。有天,我在门外听见两个人说闲话,一个问:"这盖帘儿做得漂亮,是不是老米太太?"朝我家的方向努努嘴。

另一个说:"是呀。老米婶子做的。她反正闲着没啥事儿,你也让她给你做两个去。"

一个说:"就是!赶紧的,我也排上队,让她给我做两个。"

我心里有点不平。嘿,你们都年轻少壮的,偷懒来沾我奶奶的便宜。我回家就劝奶奶不做了,干吗受这个累呢?她们又不是不会。

奶奶说:"人不怕做活儿,越做手越巧。我反正也干不了别的,权当做好事,给人帮个忙。"

娘看奶奶忙得慌,就坐在炕边,给她选格挡。她们一边做着手里的活儿,一边说着家长里短的话儿,和和美美的。

没想到的是，盖帘儿这东西一直到现在，还顽强地存在着。每当我把盖帘儿上一圈圈排列的饺子，顺着格挡的方向往开水锅里一出溜，哗啦哗啦，锅里爽利地响成一片……我就感觉，还是这种老物件好用啊。

盖帘儿上留下了一小团一小团的饺子印痕；而煮熟的饺子，也总印迹着一道道凹凸起伏的盖帘儿的印儿。

它们，轻轻，浅浅，就像一个人永远不会消失的乡愁。

冰凉的石臼

路来森

现在，还有多少人记得石臼呢？那个旧农业时代的标点符号。

我是记得的，只因有近二十年里，我能朝夕看到一座石臼。

它，就位于我家大门外的石井台上，我的家，在井台边上。所以，我住在家乡的那些岁月里，出门，即能看到一座石臼，看到，就有一种招手般的亲切感觉。

石臼，是用一块极大的青石块雕琢而成的。它的底部是一基座，上面是一圆形的口，里面深陷下去。外部，异常的光滑，青白相间的星点，斑驳闪耀着，碎梦一般，沉浸在往昔的岁月里。

在我小的时候，我曾经问过祖母："石臼是干什么用的？"祖母说："捣米的。"我又问："怎么捣啊？"祖母说："一个石杵，一根棍子，一个架子，就可以捣了。"我再问，祖母就再也讲不清了。不识字的祖母，是无法表达清楚一个简单的操作过程的。

后来，我长大了，明白了祖母那表达不清的意义。这其实是一个简单的杠杆原理：石杵装在木棍的一端，对准石臼，木棍的三分之一处落在木架上，三分之二的长度则伸在外面，人就在木棍的另一端操作。不知在多少年里，人们就用这种简单的操作，"舂"着自己清贫的生活，捣碎时光的影像，沉淀成一段旧农业时代的长长的记忆。

好多时候，我曾经凝望着这座石臼，陷入一种怀思和沉想之中。想着那样一些白天，或者一些有月亮的夜晚，一位石匠，他艰辛而又喜悦地劳作。他一定是一位技术娴熟而又深得信赖的石匠，他曾经用他的工具，凿透过许多坚硬的日子，把

井里的技凉美好时光

那些日子，雕琢成一枚枚圆熟的果实，散发出迷人的芳香。这一天，乡人选中了石匠，石匠选中了一块等待已久的期盼开花的青石。石匠开始工作了，他用锤子敲，他用錾子凿，当锤子砸向錾子的时候，那一下一下地循环往复，就是一段舞蹈的节奏，他在一段段美的韵律中劳作，用坚硬的声响，逼近石臼的心脏。好多个有月亮的夜晚，月光被锻造成一缕缕的清冷，渗进石臼的肉体中，熔铸阴性的光辉。

直到有一天，一块坚硬的石头，变成了一座圆润的石臼。石匠抖掉了身上的石屑，看着石杵第一次落到石臼里。他知道，他已完成了对一个生命的创造，他知道，这个生命在石杵的锤击中，会变得愈加明亮。可是，他无法预测这个生命究竟要活到多久。

可我知道，当这座石臼被安放在井台边上，我见证它的时候，人们就再也没有听到过杵击的声响。

石臼，静默在井台边，只是在完成一种不可知的坚守。

乡人担水的时候，会有很多人，把他们的扁担横在石臼上，铁箍吱吱的声响，或许会冲洗石臼暗淡的记忆。夏天里，一些孩童会在石臼上爬上爬下，用他们光滑的皮肤，温暖石臼的苍凉。一场雨过后，石臼里会积下一些雨水，雨水里跟着滋生一些蚊虫，爬过石臼疼痛的身体。井台上，浣衣妇人的嬉笑，只会增加石臼内心的酸楚。

它已经完全被冷落了，它的垂老，是一个时代的结束，一个旧农业时代拉上了它的帷幕。

可是在我的心里，这座苍凉的石臼，还是极美的。美在它静默的坚守，美在它怀旧的某种情绪，还有那近乎禅定的特殊的氛围。

有那么几年里，夏天，常有几位老妇人在井台边乘凉，也包括我的祖母。井台边还有一棵大大的梧桐树，筛下斑驳的树荫。几位老妇人就坐在树荫下，拐杖倚在石臼上。她们絮絮地谈着话，声音很低、很碎，笑意很浅，似桐叶微风中的浅吟。也许是累了，她们就停下了，各自望着自己的前方，想着自己的心事。人，像石臼一样的宁静。

石臼、井台、白发，散着一样的茫然的光，照亮着一同衰老的日子。

过往的行人，都会看一下，然后悄然离去，忙自己的事情。我却有好几次长久地凝视——井台、石臼、梧桐、阳光、老妇,一切都静默在那儿,大有一些禅意的氛围。繁华褪尽,只剩下淡定和平和,事物在衰老中,似乎变得愈加纯净了。

  一些事物,总会衰老,总会退去,也总会留下些什么的。

永远的青纱帐

范会新

扫码听读

我从小生活在东北农村，儿时的家乡，广袤无垠的田野上，到处种植的都是玉米和高粱。到了伏天，两米多高的玉米、三米多高的高粱便形成了郁郁葱葱的连天的青纱帐。绿波荡漾的大地，一眼望不到边的葱茏，站在高处，你会被这蔓延的绿色所陶醉。置身其中，顿感生命的涌动与震撼。那是一个充满着无限生机和希冀的天地，是我生命中最美的乡村记忆。

小时候贪玩儿，放学常挎着篮子约上小伙伴一起去割猪草,实际是到高粱、玉米地撒欢儿,玩捉迷藏,青纱帐这天然的幕布里最适合捉迷藏。它像迷宫一样,只闻人语响,不见罗裙飘。藏猫猫的孩子,只要不吭声,就很难被找到。所以那寻找的孩子,总是在青纱帐里手舞足蹈,使尽一切办法逗乐,想让藏着的孩子忍不住大笑起来。那忍不住大笑的孩子,暴露了目标,便只好迅速跑开,移到别处。于是,让循声而去的人又扑了个空。扑空的小伙伴又开始躲在偏僻之处学鸟叫,引得我们奋不顾身地钻过去捉"鸟",然后是一片哈哈大笑。青纱帐就是孩子们天然的乐园。

当孩子们玩累了,就在青纱帐里睡觉。湿润的土地,风从青纱帐的叶子肋下溜进来,沙沙作响,青叶中有小虫子们的歌唱和舞蹈,绿色帷幔丛丛遮掩中潜藏着快乐。一觉醒来,口渴难耐时,便有甜甜的玉米秸、高粱秆滋润喉咙。孩子们管那种甜甜的玉米秸叫"甜秆",糖分很大,不逊于南方的甘蔗。在密密麻麻的玉米秸中寻找一株甜的植株是需要智慧的,不能一棵棵去啃尝,那会损坏庄稼,要瞅准哪棵玉米秸颜色微微暗红,好像饱含糖分的模样,最好有线虫子孔洞。虫子盗食的痕迹,是判断一株玉米是不是好吃的重要依据。大自然中,虫子是聪明的，聪明的孩子会利用聪明的虫子，准确地找到甘甜的秸秆。"甜秆"采到手，撇掉叶子和皮，咔咔大嚼，吸进甜汁，吐出渣末，又解渴，又舒坦，还不用花钱。好多年之后，那些躲在青纱帐里啃过"甜秆"的孩子面对琳琅满目的食物，总是叹息，再也找不到童年那一根"甜秆"的甜美了。是他们萎靡了食欲，还是贪恋着那回不去的旧时光、到不了的青纱帐？

夕阳西下，凉风习习，小伙伴们便跑到山坡上，站在山顶上俯视壮阔的青纱帐。秋光里，青纱帐上长出了红黄的脸谱。高粱穗子像个火把，冲着天空笔直燃烧，红彤彤的。玉米腰间揣着金锤子，还挂着棕红的髯口，它们在大田里铿锵地唱着一出大戏，给天地听。只有东北广袤肥沃的厚土，才能够把高粱玉米养育成青纱帐，只有北方的风的抚摸，才能叫青纱帐更加茁壮粗犷。它像北方的山一样，线条硬朗粗犷，傲然而立。它像北方的汉子一样，血性豪放，顶天立地。

青纱帐，东北大地上最葱茏的风景，那种甜丝丝的植物的气息盈满鼻腔叫人迷醉。农谚讲，白露不伤镰。到了白露，高粱、玉米就全部成熟了。千军万马开始了一年的秋季大收割，

井里的凉美好时光

青纱帐到这时在大地上才逐渐消失。当一季的青纱帐从田野消失了的时候,它又化作粮食以及美酒滋养和点燃我们的生命。青纱帐,与故乡的父老乡亲一起,一季复一季,一代又一代,绵绵不绝,生生不息。

文具情结

米丽宏

每每去超市购物，总不由自主到文具区探探。各式各样的笔、本、砚台、笔架、文具盒……我拿起放下，放下又拿起，摩挲再三，流连不已。它们好似铺展了一个回忆的场景，让我看到曾经鲜嫩的自己。

那时的贫乏，那时的渴望，那时单纯的苦恼和欢乐……如今对照着看，看到了岁月、温情和绵延不绝的成长脉络。

记得，上小学前，爹娘郑重为我置备了文具：娘用碎布拼起来缝制了花书包；爹从供销社买回了两张1开的大白纸，一次次对折，装订成32开的小本子；还有一杆六棱铅笔。那时我多想要一杆带橡皮的铅笔呀，可爹说，带橡皮的铅笔价钱是"秃头"铅笔的两倍，费钱呢。

二年级时，我意外拥有了第一个铅笔盒。

那天娘带我去村里小诊所看病，医生量过体温后，说，打针吧，打针来得快。说着，就去取了两个装药水的小瓶儿，"砰砰"敲碎了瓶尖儿，这真让我恐惧！那针，跟娘纳鞋底儿的针一样长，会不会把我屁股扎穿呢？我忐忑着，一溜烟逃出了门。没跑多远，就被娘捉住。我一边趔趄着身体，一边哭叫："不打针，我不打针！"娘说："这个医生打针不疼，还会奖你个铅笔盒。"这句话像一剂神奇的镇静剂，我放弃了抵抗，乖乖回到诊所，爬到医疗床上，抽泣着挨了一针。

我把那个"庆大霉素"针剂的纸盒带回家，小心拆了里面的隔层，半拉铅笔、橡皮、小刀放进去，正正好。

然而，当我跟伙伴蹦跳着、追逐着走在上学路上时，我听见她的铁皮文具盒，发出的是"叮叮当当"的脆声，我的纸盒是"呱嗒呱嗒"的闷响，难听死了。到教室一看，发现班里竟有那么多漂亮的文具盒。那鲜艳的色彩和有趣的图案，又美又绚；翻开盖子，还有乘法口诀表。

我心里塞满了失落和苦恼。

小心思瞒不过娘的眼。娘跟我说，妮儿，你可以去挣文具盒呀。成绩好表现好，老师会奖你的。你看咱邻居小青，好几年都没买过纸笔，"三好学生"的奖品都用不完呢。

我怦然心动。

谁会知道呢，我人生中第一次懂得发愤，竟源自对漂亮文具盒的向往。

三年后，我终于挣来了一个塑料文具盒；虽然，它来得迟了些，但在挣文具盒的历程中，我获得过各种其他的奖励：铅笔、钢笔、笔记本……还有花花绿绿的奖状。

有次，同学送我一张页眉上印着"信笺"的红格纸，那是她从姑姑送她的本子上撕下来的。我第一次见识这么漂亮的纸张，大为惊讶！它不同于爹给我买的两分钱一张的1开大白纸——正面有粗纤维，背面有小疙瘩，软绵绵的没劲道；更惨的是，还会渗墨水，用钢笔一写，下一页星星点点全是洇过来的字迹。

这张印有红色横格的信纸，硬爽爽的，纸质细腻，纸面顺滑，我抚摸着，简直不知该怎么用它。我用铅笔抄写了自己觉得最美的一篇课文，拿橡皮擦掉，又用钢笔背写了一首诗。那光滑流利的书写，真的是一种享受呀，像我们小步跳跃在平滑如砥的田间小径上，有飞起来的轻盈感。

可是，那样高级的本子，对于我们来说，只是期望中的仙物！梦寐以求却难以到手。也许就是这种渴望与望而不得，直接导致了我对文具类物品的特殊爱好，并一直热情不减吧。

前不久，单位举行演讲比赛，准备购置奖品。我毫不犹豫地说买一套文具吧。同事说："按说，咱们这类比赛，奖文具更贴题，但大家还是喜欢实用的东西。"

哦，也是。对于很多人来说，自从离开了学校，文具的确疏离了生活，不实用了。像我一样，怀有深厚文具情结的人，能有几个呢？

是的，沉淀在骨子里的文具情结，永远不会淡去。它让我看到了一直成长的自己，也凸显了我生命的景深——那一路行来深深浅浅的心结，那立体多维的精神地理和心灵风光，那汩汩流淌的秘密河流和诗意远方……

井拔凉里的美好时光

王军

井拔凉,指的是在炎热的夏天里,从水井里打出来的冰凉的水。为什么叫井拔凉呢?因为,在20世纪80年代的乡村,随处可见有着数千年历史的古井。这种古井,井上一般都没有辘轳,井水离地面有好几米。从井中打水,要用井绳拴在水桶上,放入井中,待桶中盛满水后,双手在井绳上倒换着,把水桶从井中拔上来。而刚拔到井口的水桶,一般都会冒着冷气,带着一股清凉。于是,井拔凉,这个带着乡土味又很有诗意的

井拔凉里的美好时光

名字，不知道从哪位先人口中说出，慢慢就传开了。

我们村，也有一口古井，相传东汉年间就有了。听老人们讲，这口古井，从未干涸过。即便是大旱的年头，古井的泉眼，也照样不慌不忙地向外冒水，像极了庄稼人日出而作日落而息，虽波澜不惊却细水长流的日子。

这口古井，离我家大约有二里地。小的时候，都是父亲去古井挑井拔凉，我会跟着。去的时候，父亲都会叮嘱我，把水瓢带上。

为什么要把水瓢带上呢？

因为，那时，到这口古井中打井拔凉的人挺多，打水需要排队。排在前面的人，刚从井中打上来一桶水，就会有刚刚赶来的、嗓子渴得冒烟的人冲上去，猴急地蹲下身子，也不管你同意不同意，扳着水桶就可劲儿往肚子里灌。更有意思的是，他喝完后，也不说声"谢"，抬手在嘴上一抹，然后自顾自地拍着溜圆的肚子，大摇大摆地展示着满足的表情。这种情况下，打水的人，一般都不会生气，还会大声地喊道：还有谁要喝，赶紧的！

父亲是个爱干净的人,他说这样不卫生,带上水瓢,方便些。带上水瓢,还有一个原因,那就是,在往回挑的路上,总会被匆忙赶路的人,或是在田间劳作的人拦住讨水喝。遇到这种情况,你总不能让他们趴在桶沿上往肚子里灌吧。

井拔凉挑到家后,满头大汗的父亲,放下挑子,就会用水瓢舀出两瓢,倒进脸盆中。然后端着脸盆,走到院子中,两手捧水,往头上脸上,胡乱地一划拉,再拿条毛巾,沾水后擦洗上身,最后,再把一盆水,从头浇下。每看到父亲洗完后流露出来的神清气爽、轻松惬意神态,我就嚷嚷着也要这样。

母亲会把井拔凉分倒在几个盆里,然后,一个盆里,放进从菜园里刚摘回来的黄瓜、西红柿等,这些经过井拔凉"拔"过后的瓜果,吃起来凉爽异常。其他盆里,则放进剩饭剩菜,让凉水拔着,以防止天气太热,饭菜发馊变质。

我最喜欢的,还是母亲用井拔凉做的面条。母亲在做面条时,先把面粉倒入盆中,加少量井拔凉和成面团。然后把面团擀开,切成面条。放进沸水中煮好后,捞出来,再放进新打回来的井拔凉中浸泡。待面条彻底凉透,配着用青椒末、小河虾

井拔凉里的美好时光

混在一起蒸出来的黄豆酱,那绝对称得上是人间美味。

如今,干净卫生的自来水,早已代替了地下井水。但在我的记忆中,儿时那一瓢清冽冰凉的井拔凉,以及井拔凉里的美好时光,依旧像汩汩清泉,永远是那么的鲜活。

石磨：乡愁的老唱片

常书侦

前不久回到久别的冀中老家，一进院子，就看见西墙根儿那盘闲置了多年的老石磨。似见到亲人一般，我热切地走过去，拍了拍它那凉凉的腰身，似乎又听见昔日推磨时发出的低沉的隆隆声，似一张老唱片，回放着尘封的往事。

听母亲讲，这盘石磨是她嫁到父亲家的嫁妆。母亲出嫁前，外公就请出名的老石匠历时半个多月，打造了这盘帅气的青石石磨。婚礼那天，一辆牛车拉着母亲，一辆牛车拉着这盘石磨来到父亲家。母亲进了洞房，石磨落座在院子的西侧。也

井里拔的凉好时光的美

就是这盘石磨,伴随了母亲大半生的艰辛岁月。

20世纪70年代以前,农家要吃的面粉,全靠石磨来粉碎。石磨,成为过日子不可或缺的工具。圆形的石磨分上下两扇。两扇磨石的咬合面都是用錾子凿剔出的一道道斜斜的錾路,那是磨子的牙齿,从磨扇的外口向磨心处收拢。磨心被称作磨脐儿,是上下磨扇的轴心。母亲看磨子很亲,磨子不用时总要把它打扫得干干净净,从不让它蓬头垢面。我还发现,母亲喜欢把磨子的上下扇称作上下唇。两扇磨石,不正如人厚厚的嘴唇吗?仅仅一字之差,便使冷冰冰的石头有了温度,一下子让人感到亲切了许多。

磨扇安装在磨盘上,下扇是固定的,上扇可以转动。在上扇磨石一侧绑上推磨棍就可磨面了。俗语说:"牛耕田,驴拉磨。"如果有驴子的话,套上驴子,让它拉动磨棍,磨子就隆隆转动起来。为了不让驴子偷吃磨盘上的粮食,就给它戴上捂眼布,免得它分心,好一门心思去拉磨。如果牲口不就手,只好人来推磨。伸出胳膊,双手握住磨棍向前推就可以了。一遭又一遭,一圈又一圈,把农家粗糙的日子,推出一笸箩一笸箩的精致来。

开磨前，将要磨的粮食堆放在上扇磨面上，上面有两个磨眼。磨子按顺时针方向转动时，粮食便顺着磨眼往下漏。为了减慢下漏的速度，便在磨眼里插上两根筷子或高粱秸秆作为磨筹。在隆隆的磨声中，粉碎了的面粉簌簌落到磨盘上。待聚的多了，女人便将面粉扫到葫芦瓢里，开始在长方形的筐箩里罗面。罗出的面用手指肚儿一搓，倍感细腻滑润。此时，面粉的香气便飘散开来。筛子里剩下的面渣儿和麸皮，要继续上磨，如此反复四五个来回，直到剩下的麸皮少之又少，方才罢休。磨出的头道面最白，最筋道，一般留给老人或过节时吃；二道面和三道面留给干重活儿的男人和孩子们吃；第四道面则改用粗筛去筛，筛出的面俗称黑粗面，吃起来口感和营养会差出许多。这是女人留给自己吃的。我母亲就是这么做的。一家人数她最累最忙，却吃最粗最差的饭食。为了这个家，她打光了青春所有的子弹，过早地苍老了！

在那个时代，人工推磨是最常见的活儿。白天人们下地劳动挣工分，推磨大都在晚上进行。

因石磨蹲在露天地里，推磨时，如果有月光，就方便多了。如果没有月亮，只好点上风灯，挂在磨子旁边的枣树上用

来照明。父亲推磨,母亲罗面。母亲腾下手来,就赶紧去帮父亲推磨。每次要磨三五十斤粮食,一般要用两三个钟点。本来干了一天活儿,现在又要推上两三个钟点大磨,父母往往累得满头大汗。父亲的脊梁沟儿里,汗水在月光下明晃晃地发亮,有时不得不停下来抽袋烟喘口气,再抖起精神接着推。低沉如闷雷的磨面声,在静静的夜里听上去是那么亲切,犹如一支沉重而又感人的生命之歌!

看着父母极累的样子,刚上小学的我便帮着推磨。有时推着推着就睡着了。母亲就把我抱进屋里放到炕上。每每这时,母亲就会对父亲说:"让儿子好好读书吧,考上大学就不用推磨了。"

石磨声声,各色粮食被磨碎了,但父母追求美好生活的精气神却从来没有被磨灭。

随着农村进入电气化时代,人们从繁重的体力劳动中解放了出来。闲下来的老石磨不知道,它和家里的那些老物件,成为我割舍不下的沉甸甸的乡愁。

收藏糖纸的日子

寇俊杰

扫码听读

那天我在家整理旧书籍,无意中有几片塑料纸飘落下来,我拾起一看,发现竟然是我儿时收藏的几张糖纸……

20世纪80年代初,人们的生活还不富裕,糖果也只能是谁家办喜事或过年时才能吃到。那时我八九岁,不知是谁最先带的头,也许是为了证明自己吃过什么糖,好向小伙伴们炫耀吧。有一段时间,小伙伴们兴起了收集糖纸,于是像晴空突然刮起的一阵风,不分男生女生,不分前村后街,所有的孩子都不可避免地、千方百计地收集所有能接触到的糖纸。不管村

里谁家办喜事，我们都抢着去帮忙，搬凳子、扫院子、借东西……虽然主家并不需要我们帮忙，但我们乐此不疲，因为每次主家总会乐呵呵地给我们每人几颗糖。到了过年，谁家多少都要买些糖果，自己家的糖果有时没啥稀奇的。大年初一，我们就挨家给长辈们拜年，特别是谁家有远方的儿女回来，带回来的糖果是我们没有见过的，我们更不会错过去拜年的机会。不管在谁家，拜完年，长辈们总要往我们的口袋里塞几颗糖。我们接过糖，小心地装进口袋里，还没吃，心里就甜滋滋的。一走出院子，我们就把糖掏出来，先看看有没有以前没吃过的糖，挑出来，小心翼翼地剥去糖纸，把糖含在嘴里，把糖纸在手心里展平，仔细端详，和小伙伴们互相讨论着自己的糖纸如何如何好看。那时糖纸大多数都是纸质的，如果谁遇到塑料糖纸，那真是像中了大奖似的，惊呼得要跳起来，激动地向小伙伴们一一展示，对着太阳光看，糖纸上的色彩更加鲜艳夺目、明亮生动。回到家，我们把糖纸夹在书里，放到枕头下压平，睡觉也能做个好梦。

开学了，我们把夹着糖纸的书带到学校，互相交换多余的糖纸。如果谁的糖纸是孤品，又特别漂亮，还是很远的地方生产的，那谁绝对就像"王"一样，享受着别人的巴结，真是比吃糖还舒服。那时也许是少不更事，也许是情窦朦胧，有男生偷偷给自己喜欢的女生书里夹漂亮糖纸的，有为让别人看多长时间的小人书才换糖纸而争论不休的，有为了一张糖纸而打架的，有给远方的亲戚写信不要糖只要糖纸的……真是五花八门，为了糖纸没有做不到，只有想不到。那时我们都认为上海、北京是最好的城市，不但糖好吃，糖纸印得也很精美。有个小伙伴得到一张来自北京的糖纸，真像是得到来自天堂的礼物一样，既想向别人展示、炫耀，又害怕别人偷走，用牛皮纸专门折一个纸袋子装起来，不管走到哪里，都是糖纸不离身。还有一个伙伴，后来锲而不舍复习三年，终于考上了上海的一所大学，问他为什么考上别的大学不上，他说就是小时候很想得到一张上海的糖纸而没得到。

　　现在，物质极大丰富，再好的糖果也只是个摆设，什么糖小孩子都不稀罕了，他们甚至连看都不看一眼。我当初收藏的糖纸大多不知所终，糖的味道也早已遗忘，留下的也只是对于收藏过程的记忆。收藏，收藏，看来收的是物，而藏的是情啊！

弹珠里的童年

邱俊霖

拉开抽屉，发现了几颗小时候的玻璃弹珠，我的思绪一下便飘回到了童年。

弹珠，就是玻璃球，也被叫作弹球。纯色透明的玻璃里包裹着五颜六色的弹芯，有的玻璃珠里面还浮着一些小气泡。弹珠里面嵌着各式图案，有树叶花瓣形的，有弯月形的，也有像杨桃状的，还有一些弹珠则嵌着难以名状的花纹或图案。

弹弹珠是我小时候最爱的游戏，在外婆家的时候，我每天都会去屋后的小山丘下和伙伴们弹弹珠。山丘下都是泥地，坑坑洼洼，并不平整，这样的场地增加了游戏的难度，却也增加了游戏的趣味性。

我的第一颗弹珠来自表哥，他是一位弹珠高手，口袋总是鼓鼓的，里面装的全是弹珠。弹珠的碰撞声犹如一曲动听的舞曲，时时缠绕着年幼的我，后来经不住诱惑的我从表哥的手里借了两颗弹珠，并开启了自己的"职业生涯"。

我弹弹珠的水平不差，于是我手里的弹珠越来越多，从两颗到十颗，再到一袋，这些弹珠仿佛成为我当时最宝贵的"财富"。

弹珠最简单的玩法便是大家轮流将弹珠弹出，以谁的弹珠先射中对方的弹珠为获胜的标准，在此基础上又衍生出了许多种花样。有时，大家突发奇想，也会临时起意创造出新式玩法。

弹珠的玩法虽然多样，但万变不离其宗，总是围绕着一个"弹"字展开。而且无论何种玩法，弹弹珠的目的都是为了赢得对方的珠子，输者的弹珠最终将归胜者所有。

弹弹珠的姿势并无固定标准，可以蹲着，亦可趴着。而弹珠最常见的"发射"方式则是拇指与食指或中指相扣，然后

用其中一指用力将弹珠弹出，弹珠发射之后，犹如子弹一般，朝着目标飞射而去，伴随着一声声清脆的"叮叮"声，胜者得分，那种愉悦之情对于年幼的我们来说简直妙不可言。而一颗颗晶莹剔透的弹珠在阳光的照射下熠熠生辉，折射出缤纷的光泽。

弹弹珠有趣，收集弹珠同样也是一件令人快乐的事情。如果有一位伙伴能够拥有一颗独特或是光彩夺目的弹珠，必定能够引来大家羡慕的目光，但这颗弹珠也会不可避免地成为大家的"猎物"。

曾经有个被称作"八剩"的伙伴，他便拥有一颗"旋涡弹珠"，这颗弹珠犹如注入了水彩颜料一般，乳白色的玻璃内覆盖着多种色彩的条纹，扭曲的线条格外细腻，展现出一种别样的美感，无比绚烂夺目。于是大家立即向他发起了挑战，但是"八剩"实力很强，大部分伙伴都铩羽而归。

轮到我上场时，我连输了七次，终于赢了一把，结果"八剩"反悔，不愿将"旋涡弹珠"拱手相让，于是，他不仅将我所输的弹珠悉数归还，还另送了我三颗普通弹珠作为"赔礼"。可见，对于一位弹珠玩家来说，拥有一颗最耀眼的弹珠是多么值得骄傲的事情。

后来，上了中学，弹珠便弹得少了。再到后来，我渐渐长大了，也就不再弹弹珠了，而童年时的那些朋友，走着走着也就散了。

童年，没有手机，没有电脑，甚至也没有彩色电视机，但是一颗颗晶莹的弹珠，却同样让我们的童年闪耀着光芒。现在，我用手拾起一颗弹珠，五彩缤纷的玻璃球里，照映着的正是五彩斑斓的童年。

一墙疏影轻慢移

谢光明

　　小时候，住在一栋砖木结构的老屋里。老屋同时还居住着堂叔和太奶奶两家人，整日吵吵嚷嚷的：孩子的尖叫，大人的训斥和老人的咳嗽，还有徘徊在大门口鸡群的咯咯声。屋内没有天井，光线暗淡。我们房间在东边，只有一扇砖砌的窗户，窗户正对着邻家的西墙。清早的晨光从墙上反射到屋子里，桐油般抹在床柱和旧桌上。到了傍晚，夕阳下山照在墙上，从窗户弹入房间，多少能驱散一些老房里的发霉气息。

　　白墙黛瓦，徽派老房子的飞檐翘角为榫卯结构，青砖白墙包着木质架构。房子依山而建，木雕、砖雕有些粗糙，很有些年头，据说已经住过好几代人。墙基的石头刨子刨过一样平整，有的石头上刻着字，模糊的字迹挣扎着诉说它的年份，但是没人关注。客厅摆放三家三张八仙桌，大同小异，地面清一色的青石板，给人冰冷冷的温暖。不过东西厢房地面铺着厚厚的栗木与杉木木板。十一二岁时，祖父祖母相继去世，堂叔建了新房，太奶奶也过世了，屋里只住着我们父子俩，偌大的老屋一下冷寂下来。麻雀甚至敢从屋瓦上飞来客厅，混在鸡群里，大胆地在石板上跳跃。有一次，一只不知名的山雀冒冒失失从窗户飞进来，我用筛子堵住窗户，将它擒住。

许多日子，坐在窗前发呆，看夕阳光影退潮般在墙上移动。斜阳将后山毛竹的影子，还有西天金色流云投射在墙上，此时，墙成了一块旧电影的幕布，黑色竹影在白色墙上轻轻摇曳，犹如贴在水波上的落叶。听到墙那边有动静，会竖起耳朵，猜想邻家的事。我参加成人自考，大多数时间都是坐在窗前看书，抬头即是那面斑驳的墙。年轻时总觉得时间长得望不见尽头，不知道该如何去打发，足以虚度，没事就坐在那里听收音机，对着墙发呆。此时，思绪会穿透墙，飞过青山、平原

与大海。其实,墙面就是一幅海景图,白浪层叠。脱落了石灰的地方,是裸露的嶙峋的海岛,被波涛冲刷,起起伏伏。

"疏影横斜水清浅,暗香浮动月黄昏",圆月之夜,月影幢幢,月光在墙上缓缓流淌,蟋蟀在墙上弹奏夜曲。探出头去,目光穿过黑屋檐,天空疏朗而清亮,群星在蜘蛛丝上闪耀。偶有夜鸟和蝙蝠,毛笔蘸墨汁般划过夜空,悄无声息。即便是下雨天,对着邻家的墙也不觉得很枯燥。雨点打在墙上,被墙体吸收,留下一点点湿润的斑点。梅雨季节,屋檐上的雨水渗透到墙上,雨水汇成许多水流,仿若河流,被我赋予它们长江、黄河、钱塘江和珠江等景象之想象。一条条河流,朝墙脚的苔藓奔去,滋润那里的生命。绵绵的梅雨季节,每年墙头都会长出一簇两簇荻草甚至构树,袖珍的样子,出梅后不久就会因干燥枯死,来年再长。

斑驳的老墙是时光的战场,尘埃未定,一片狼藉。每隔几年,墙上就会回荡村里老人离去后亲属撕心裂肺的哭声。十九岁那年,我去外地工作。某次回家,发现邻家旧房子拆了,窗前豁然开朗。习惯了开窗面对一堵墙,在墙上发挥无穷尽的想象,现在面对邻家空荡荡的地基,竟怅然若失。忽然明白,时光是有尽头的。一回首，曾以为遥不可及的光阴竟如此短暂，匆匆一生，若墙上光影浮动，稍纵即逝，许多事情根本没有去做去想，已来不及。

如今，再怀念墙上的光影，想起如金的落日，清朗的月夜和那望不见尽头的通透时光。原来，自墙倒塌那一刻，就有一面墙在我心里树立起来，墙基深深扎根在我的生命里。

儿时故乡的草垛

李阳海

离开故乡已经四十多个年头了,儿时故乡的草垛在我的脑海里总是挥之不去,有时候梦里又回到了儿童时代,演绎出与草垛有关的许多故事,醒后却又感到怅然若失……

草垛,是乡村一道独特的风景,打麦场、打谷场的四周,还有房前屋后,高高低低,星罗棋布地排列着,给了村民们精神上的一种温暖,一种光的火焰,一种充满祥和安宁的守候。它们恪尽职守,日日夜夜守护着村庄,运转着属于村庄的四季轮回。

草垛有好多种，打完麦子后，把碾碎的麦草秸，垒成一排排像房屋，像小山丘状的"麦燃垛"，这一幅幅画面，像一部清晰的纪录片，浮现在我眼前……

这些麦燃垛主要是用来烧火做饭的，因为麦草秸有韧性，且柔软，也是盖房和红泥必不可少的掺和物。没有被雨淋过的麦燃垛是金灿灿的颜色，非常耀眼，非常干净，于是便成了孩子们的乐园。

那个时候，村里的鸡都是散养。三五成群的鸡，常去麦燃垛周围啄食散落的麦粒。有的鸡懒，就把蛋下在麦燃垛里。如果你运气好，就会非常幸运地邂逅几个鸡蛋，那高兴劲儿像哥布伦发现了新大陆。

每逢冬天，一群群不知名的鸟儿，在麦燃垛的周围奔着跳着，唱着动听的歌谣。那鸟儿用爪扒食，你夺我抢的阵势非常好看。特别是下了大雪之后，被村民们掏出洞的麦燃垛成了鸟儿们晚上栖息的安乐窝，也成了孩子们捕捉鸟儿们的最佳场所。如果能捕捉到几只鸟儿，会因分得不均，争得面红耳赤，兴奋得一宿睡不着觉。

当寒风吹起的时候，草垛朝着阳光的一面，特别是那草垛

凹下去的地方，也成了老年人们的乐园。暖暖的阳光下，发热的麦燃垛，老人们袖着双手，挤坐在草垛下晒太阳，他们慵懒地眯着双眼，把阳光过滤得五彩斑斓。有时候精神了，就讲一些陈年旧事，有时候哈哈大笑，有时候还抹着眼泪。

到了秋天，谷子、玉米的秸秆运回到打谷场上，这些秸秆是牛、羊、骡、马半年多的口粮，一定要保护好。草垛样式各异，有的像瓦房的屋脊，有的像蒙古包。垛这些秸秆是个技术活儿，垛成的草垛既要结实好看，又不能让这些秸秆受潮烂掉，这就要求通风透光，这样草垛之间自然就有了一定的空间，也就给孩子们的玩耍创造了最佳的场所。

童年时，孩子们几乎与草垛捆在一起，它是孩子们淘气的乐园，是孩子们游戏的天堂，也是童年诗意的栖息之处。那个时候，假期里没有多少作业，特别是到了有月亮的晚上，孩子们不约而同地直奔那些草垛，开始玩那个乐此不疲的捉迷藏的游戏。由于秸秆这种草垛的隐蔽性强，又有迂回的空间，你藏起来，还真的不好找到。有一次，我藏起来，好多人找了好几遍都没有找到，直到心灰意冷，决定要放弃回家时，我才从草垛里钻出来。他们看到我以后，又是惊喜，又是嗔怪我太狡猾，从那次起，我落下了一个"孙猴子"的外号。

啊，记忆中的乡村草垛，在那些贫穷拮据的日子里，它是踏实安定的心理抚慰。没有了草垛的村庄，就少了一份乡间的温暖，少了一份田园的气息，少了一份炊烟的味道，少了一阵阵牲口叫唤的热闹……

春光里的小欢喜

邓荣河

20世纪70年代初，我出生在一个偏僻的小乡村。在我的记忆中，每年的冬季，是一年中最难熬的一段时光。自从进入冬天起，我们就天天盼着严冬早点过去，春天早日到来。春回大地，明媚的春光里有很多土生土长的小欢喜在等着我们。

从春天第一脚踏进田野开始，我们这些猫了一冬的孩子们，就再也憋不住了，犹如挣脱了樊笼的小鸟，撒着欢儿相约相伴着奔向田野。虽然还是"草色遥看近却无"的初春时节，但我们同样能够找到属于我们的小欢喜：深埋在荒坡下的茅根，便是其一，我们称茅根是地下小甘蔗。挖茅根是个力气活儿，大多由我们这些皮小子们完成。那些和我们年龄相仿的小姑娘，则在一旁打下手。边抖净茅根上的泥土，边一把把地捆扎成小捆。挖掘完毕，每人分配一份。晒着暖暖的太阳，嚼着甜甜的茅根，一种久违的惬意，盈满心头。临了，总会留下些精心地揣在兜里，回家给弟弟妹妹们享用。

随着天气一天天变暖，枯黄的茅草开始冒出嫩嫩的芽苞。那芽苞的内里，嫩白嫩白的，荧光一样的鲜亮。更可贵的是，那芽苞质地柔软，味道清凉，咬在嘴巴里有点儿软糯清甜。如果说茅根是地下的小甘蔗，那茅草芽苞就是柔嫩的小酥糖。拔茅草芽苞使不得蛮力，需捏住尖顶轻轻地拔，稍一着急便会拔断。干这活，女孩子们往往更专业。我们这些男孩子才拔了几个，女孩子们早已拔了小半把。不过，乡下的女孩子们个个慷慨得很，常常会分给我们吃。吃茅草的芽苞，有时令性，待到个体丰满时，便如同咀嚼棉絮，没有半点滋味。因此，茅草刚冒芽苞那阵儿，一有空闲我们就到草坡前沟渠边转悠，争取第一时间多积攒些小欢喜。

阳春三月，我们终于能够慷慨一回了：一串串的翠绿榆

钱，切实让我们吃了个肚大腰圆。香甜的榆钱不仅可以生着吃，还可以摘回家让母亲和着玉米面地瓜面做饽饽、贴饼子，香甜可口，回味悠长。每每坐在大榆树的枝杈上，大把大把地捋着翠绿翠绿的榆钱，幸福写满了我们的一张张笑脸：这回，终于可以大大方方地和饥饿说声再见了。现在想来，我依然感慨万千——榆钱不是钱，但胜过钱，因为在那个物资贫乏的年代，它为我们买来了一个个充满欢乐的童年。

槐树发芽较迟，因此香甜的槐花，应该算是春光里压轴的小欢喜。听老辈人讲，在大灾之年，槐花是他们击退饥饿的救命花。不过，最令我难以忘怀的，当属母亲做的蒸槐花。记忆中，采槐花往往是我们这些皮小子的拿手绝活。不到半个时辰，大兜小袋的总会被我们装得满满的。槐花采来后，母亲先把槐花洗净，攥干水分，然后放到一个面盆中，撒上盐和玉米面，用筷子搅拌均匀。接下来，母亲再把搅拌均匀的槐花平铺在蒸馒头的锅篦子上，盖好锅盖，进行蒸制。不过，这仅仅是第一步，随后母亲还要进行深加工。母亲小心翼翼地把蒸熟的槐花取出来，放到面盆里慢慢搅拌，直到那些槐花变凉，再用准备好的葱末、姜丝、蒜泥、辣椒末等进行调拌。所有这些工序下来，一道芳香扑鼻而又纯天然的蒸槐花便做成了。

当然，除了吃，能够给我们带来最多欢乐的，当属柳笛。那些柔韧的柳枝，一经一双双灵巧手儿拧转，便成了一支支嘹亮的柳笛。寂寞也好，无聊也罢，只要放进嘴里，一使劲，便吹奏出了天底下最阳光的情绪……

乡村物语

李季

多年以前,缸在我们的生活中占着举足轻重的位置,如水缸、面缸、米缸、粪缸,吃喝拉撒,样样离不开缸。

水缸放在厨房的灶台后面,方便做饭、洗刷取水。上面盖着面板,和面、切菜、剁肉,就在面板上进行,水缸经常被敲击得"梆梆"响。夏天,水缸的表面会沁出一层细小的水珠。因为缸内的温度低,水缸成了天然的冰箱,每天的剩菜、剩饭就放在小瓷盆里,漂在缸里的水面上。河里涨水后,在河边捉回来的活鱼,三两天吃不完的,也放在缸里养着,这样一来,一缸水都成了鲜鱼汤。冬天，水缸里会结冰，舀水时，要用水瓢轻轻把冰砸开。随着水位的升降，缸壁上的残冰会积累好几层，鲜明地显示着每天水位的变化。保持水缸里每天都有水，是孩子们的任务。村里有限的几个压水井旁，餐前饭后总聚满了孩子和水桶。把水桶里的水往缸里倒的时候，是需要两个孩子一边一个提着桶梁合力抬起来的。水倒进缸里，激起微小的旋涡，孩子趴在缸沿上，在这渐渐平息的旋涡里寻找自己慢慢清晰起来的影子。

作为家里的小粮仓，装粮食的缸一般来说比水缸要大一些。它们被放在堂屋正对大门的条几两边，还有卧室的墙角里。粮缸的大小和多少，直接反映着这家人生活的殷实程度。这些缸上无一例外地盖着木拍子，其实就是盖锅的锅拍子。木拍子上还放着酱盆、竹篮、麻绳、水管等杂物。在我们乡下，还有一个尽人皆知的秘密，那就是，麦缸和稻缸还有着保险柜的功能，家里的存折、现金甚至老辈留下来的贵重物品被包在塑料袋或红布里，就埋在麦缸或稻缸里。小孩子捉迷藏也会往粮缸里藏。

粪缸大多埋在屋后的地下，用一圈竹篱笆围着，蹲厕所

时,可以透过篱笆,欣赏周遭的竹林、树木,真是"花影不离身左右,鸟声只在耳西东"。

在儿时的记忆中,路上经常走着卖缸的架子车。通常是好几辆,每辆车上都装了七八个缸,缸口朝上,用麻绳紧紧攀在车架上。拉车的人,多是三四十岁的男人,穿着或灰或蓝的粗布衣衫,走累了,把车靠在路边,往地上随意一坐,从车把上的布褡裢里取出厚厚的干馍,慢慢啃了起来。这些人是从南山那边过来的,南山有个专门烧制缸和瓮的村子,村名就叫"老缸窑"。小时候,去南山舅舅家,坐在客车上,经过老缸窑时,可以看到路边一排又一排的缸,层层叠叠,交错着摞在一起。慢慢地,这路边的缸越来越少,最终一个也没有了。

缸是老照片中的景色,随着老照片的褪色已经淡出了我们的视野。怀念缸,怀念那乡村生活的物证。

童年记忆

王丕立

宋朝诗人刘克庄曾在《晨起》一诗中写道："鸡唱鸦啼搅晓眠，起煨田舍火炉边。天寒雪闭袁安户，岁恶江通鲁望田。"诗中描写的大雪闭户日晨起依偎火塘边的场景，便是我儿时农家生活的真实写照。

早晨醒来睁开眼，便发现窗外亮堂堂的，有一种刺眼的炫白，我们知道，一定下大雪了，心中涌起无言的激动，屋檐下的冰凌一定悬吊得老长了，地上的雪不定有多厚啊。窸窸窣窣的声音中都透着一种欢畅，我们摸索衣服鞋袜的手因兴奋而发

抖。"火还没燃旺,等一下再起来。"火塘边传来母亲再三的告诫声,我们重新缩回被窝里。

一阵"噼噼啪啪"拍打干竹枝的声音传来,那些大柴苑没有细柴的引燃万难起焰。灶房里传来母亲细密的脚步声,洗锅、上水、烧火、架柴,母亲的动作行云流水般娴熟。迷迷糊糊中,烤红薯甜糯的香味从门里灌进来。"好香啊。"我大叫一声一翻身起床,母亲的笑声骤然传来:"这次真让人割了狗鼻子,姐姐她们都吃完了。"母亲说着话,从锅里舀出一瓢热水放进脸盆,让我端去洗漱。我瞟了一眼搁在火塘拦坑石条上的红薯,它们烤得刚刚好,红薯皮起了泡,薯肉起了一层焦黄,母亲处理任何食物都十分精细,从来都是恰到好处。

围在火塘边,我们几姊妹吃着母亲烤的红薯,开始猜测外面的冰凌有多长,雪有多厚。母亲说早起时太寒冷,早饭后再出去,身体别冻进寒气了。

火塘中央的主柴苑燃起来,火塘的火势旺了,蓝色火苗蹿得老高,母亲放在烤架上的豆腐一天天缩水了。偶尔母亲也会改善一下我们的生活,拿出两块腊豆腐,用水泡洗后,切成头发粗细的豆腐丝,用自制豆豉和干壳辣椒爆炒,那确实是一大美味。

　　父亲从冰天雪地中，扯来了萝卜，砍来了白菜和莴笋，一天的菜备足了。父亲抖掉身上的雪花，坐到我身旁，姐姐们开始七手八脚忙乎开去，择菜、削皮、洗菜，最后一样样放在水缸架上。一家人除了母亲在灶后抡着锅铲烩炒，大姐在灶前往灶膛添柴，其他人都围坐火塘边。

　　父亲因被烘烤而发热的手不时捏捏我的手、耳、鼻，将我短小的棉衣下摆朝下拽，对母亲说，吃罢饭他再去挖个大干树蔸来。母亲说，雪太深了，柴够烧就行了。父亲说，不能冻坏了孩子。

　　未过漆的饭桌摆上来，土炉中的萝卜正沸腾，一家人在火塘边端起了饭碗。多年之后，那些粗茶淡饭的味道一次次走入我的梦境，母亲言笑晏晏，父亲幽默风趣，那些曾经的美好一次又一次地温暖了困境中的我。美好的童年可以治愈一生，我深以为然。

打冰凌

邱立新

小时候,立春总挨着旧历年的脚印儿,立春一过,北方最凛烈的冷开始消退,雪的身影就少了。风唱了一个冬天,嗓子也沙哑了些,变得温柔起来。遇到日头红艳的天,风就把山岗上的雪吹进泥土,土房顶的厚积雪也听了消息似的,开始融化,雪水顺房檐溜下,遇冷风结成冰,越聚越长,溜成一个个冰凌。这个时候,人们心中总会生出暖意,炕上的火盆也热乎多了。

那时,母亲手巧又能干,正月里,她一拾掇完碗筷,就从炕柜里拿出鞋底子、针线笸箩，纳她一年四季永远也纳不完的鞋。姐姐把新炒的爆米花往炕头一放，也从她的小匣里翻出嘎拉哈，我们就开始玩嘎拉哈，有时还把炕席抓得啦啦响，嬉笑声混着爆米花香味，就从炕头飘到了炕梢。

那些年，房檐底下打冰凌也是件愉快事儿。冰凌形状长短不一，却都剔透如梦，砰然坠落的瞬间，撒下一地晶莹。有一年，小妹馋昏了头，把地上的冰凌捡起，当成糖咽进肚。吃晌午饭时大家刚端上饭碗，她就吵吵肚子疼，一会儿就直不起腰来，躺在炕上打滚。母亲听说她吃了冰凌，忙用开水烫热毛巾拧干，敷到她肚脐上，忙活到饭菜都凉了，她的肚子也不疼了。

有时，母亲不让我们打冰凌。等冰凌积攒成刀剑一样长的大冰凌时，她亲自用竹竿把冰凌打下来，再捡到盆里端到下屋。

在那缺衣少穿的年月，各家过年都要囤些年货，冻豆包、冻猪肉、柿子饼、高粱糖之类的，藏到嘎嘎凉的下屋大缸里，严严实实盖上，防小孩儿偷拿，防耗子钻进去偷吃。黏豆包、冻猪肉要节省着吃，要吃到出正月，可立春过后风转了向，冻

井里拔凉
时光里的美好

豆包、冻肉就容易化，容易风干。为了让精打细算节省下来的年货细水长流，母亲常把碎冰凌盖在黏豆包、冻猪肉、柿子饼上，这样黏豆包就不会风干开裂，猪肉也能一块一块割着多吃些时候。吃到二月二龙抬头过了，菜里还能有一两片薄薄的肉片，吃饭时从菜里翻出一块小薄肉片含在嘴里，那丝奇香就顺着喉咙流满全身。

有一年立春过后，村里闹上了流感。一天半夜，风从门缝、窗户缝溜进来，直往人被窝里钻，"咚咚咚"，我们被一阵急促的敲门声惊醒，是村西头的王三婶。她嘴里呵着寒风，说她家小六子发高烧，浑身烫得像火炭，直说胡话，问有没有退烧药。母亲闭口不提她家欠我家十斤高粱米、五尺布票的事儿，掩上衣襟忙不迭地说："找找，我找找！"说着就在地上唯一的木柜里找，找了半天，找出了两片去痛片。三婶感激得连声道谢，还说她已找了半个村子了。母亲又从外屋碗架柜掏出块生姜给她，让她熬姜水给小六子喝上发汗。王三叔家八个孩子，是村里有名的困难户。平时靠借钱、借布票、借米过日子，常常吃了上顿没下顿的。

第二天，小六子也跟我们滑冰车去了，虽然他还流着鼻涕，可他说吃了药，发了汗，好多了。可那天晚上我玩打口袋回来时，见小妹躺在炕上，脸红得像苹果，头像火球一样烫。我忙跑到生产队，把在队部开会的父亲母亲找了回来。父亲说："还有药片吗？""没了，就两片，昨儿给她王三叔家了。"母亲搓着手。"那我去卫生院买去。"父亲说完转身出了门。

　　那时，卫生院在六七里外的公社，母亲等父亲走后拿上盆出去，一会儿就把几块冰凌端进了屋，她把冰凌用布包上，敷在小妹额头上，又用布条缠上小块冰凌放在她手心，再用冰水擦她前胸后背。渐渐地，烧迷糊了的小妹眼睛有了光泽，嘿嘿笑了，红苹果脸也变成了粉桃脸。不久，去公社卫生院买药的父亲也回来了，小妹吃上药后，安静地睡着了。

　　就这样，冰凌伴着我们走过一个又一个冬天。今年冬天，小六子给我打来电话，说他儿子结婚，邀我们回老家看看，说老家变化得模样快让人认不出来了，再不回去，也许找不到回老家的路了。这几十年，虽说我家一直在城里住着，但与王三叔家没断联系。三叔的八个儿子有的当兵提干，有的经商当老板，还有的承包荒山种果树、开山场，成为种粮大户，总之各家日子过得蒸蒸日上。

于是,我趁着周末,带着对老家的思念踏上了回乡路。走进比城里楼房装修还要好的小六子家,热炕头上吃着家乡饭菜,谈起曾经往事,热热的乡音氛围里,有许多感慨,我说:"虽说你小六子如今变成老六子了,可日子越过越红火啊!"

他端坐在热炕头,见我端详着他家的双开门大冰箱,嘿嘿笑了:"这新式样冰箱好着呢,冻啥都不坏,你们家冰凌子盖豆包的法子,再用不着喽!"

"你咋知道我家用冰凌子盖豆包呢?"我惊讶追问。"嗨,我咋不知道呢,你家缸里的豆包,我和我二哥还偷吃过呢。"说完,自嘲地呵呵笑了起来。

回来时,小六子给我们装了一袋子豆包和猪肉,晚上,我拿到了父母家。母亲听说是老家小六子送的,忙捡出几个豆包,放到蒸锅里,说:"老家的豆包保准好吃,先尝尝。"我说:"妈,当年咱家大缸里的冻豆包丢过吗?"

"丢?没丢过!不过每年隔三岔五少过一些。"

"那不是一样吗?我告诉你是谁偷了咱家的豆包……"我

故作神秘地说。

哪知母亲没等我说完，就接过话，笑着说："小六子他们，对不？我早知道是他们，小孩子吃几个豆包算啥事……"

窗外，冬日的阳光正灿烂，楼下小花园里，凉亭瓦楞上的串串冰凌像雨帘一样挂着，和当年老家的冰凌一样，剔透晶莹。